甲斐の猛将

山縣昌景

武田かず子

Takeda・kazuko

まつやま書房

目次

安芸国の戦国大名・毛利氏に伝わる一次資料「萩藩諸家系譜等」の記述から作成した山県昌景生い立ちの系譜

父・山県重秋
安芸国人、任生城城主

母・飯富娘
虎昌の姉

叔父・**飯富虎昌**
甲斐武田に仕官

長男・山県某
名は不明

次男・山県某
名は不明

三男・山県重房

長女・娘
甲斐に嫁ぐ

山県源四郎
飯富源四郎のち山県昌景

昌景の母は、娘（長女）が嫁ぐ時、弟の虎昌を付けて甲斐に同行させた。

虎昌はそのまま甲斐に仕官し、後十一歳になった源四郎（昌景）は、伯父を頼って甲斐に行ったと思われる。

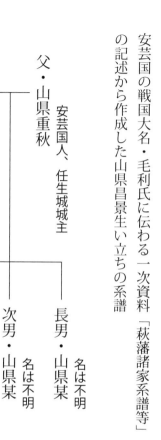

◎山県昌景の家族

昌景の妻

　上村氏尾張の人

昌景の子たち

長男・昌次

　設樂が原戦死（二十七歳）

　父の死を知ると刀を口に含んで落馬し

　後を追った

二男・昌満

　上杉景勝に随身

　おそらく信玄五女が景勝に嫁ぐ時

　付いて行ったと思われる

三男・昌久

　上村源四郎と称し、母の実家尾張で暮らす

　その子昌時が松平家結城秀康に付く

　福井藩笹治（山県より改名）、山県家の祖

四男・昌重

　大阪の陣、戦死

　江尻城時代の子と言うが詳細不明、

　側室の子と思われる

五男・信継（三郎兵衛）

　徳川家に仕え、山梨県川浦村で五百石を

　与えられ現在、山県館のご当主が御子孫

養子・二名

　定昌・萩原豊前の子

　太郎右衛門・野沢豊後の子

女子・二名

　二女・三枝守友の妻

　長女・不明側室の子か？

一、序・信虎時代の武田家

甲斐の猛将山県昌景を語るには、昌景が武田に仕官した時に頼った叔父の飯富虎昌を語らなければならない。

虎昌の仕官した頃の武田家は、信玄の父・信虎をお館様と呼ぶ時代であった。

信虎の頃の甲斐は、平野部を形成する盆地の性質上、盆地底部は笛吹川と釜無川両河川の氾濫原であり、連年にわたり水害が繰り返され、田畑は流され、食べ物も無く、それは貧しい時代だった。

しかし信虎は、治水より戦さを優先させた。

国内は災害によって荒れ、国外には略奪行為を行う…。結果的には、内外に反感をかった信虎は、若き晴信（のちの信玄）とその家臣により追放された。そして、その晴信がまず行なった仕事は、後世に信玄堤と呼ばれる当時最新鋭の防波堤を築く大工事だった。

しかし、信虎の気持ちも分かる。攻め続けなければ、逆に四方から侵略を受け、不毛な戦を与儀なくされる戦乱な世だったのである。信虎は信虎で甲斐守護職として自国を護ったのだ。

話は信虎時代へと戻るが、信虎に反感を持つ家来も当然多く、虎昌もその中の一人だった。まず信虎の考えた事は、家族、娘、姉を人質で嫁がせ人質交替をして、平和を保つ事だった。

甲斐の椿城（大井信達）は、まだ若い信虎の才能を見込んだのか、信虎に攻められないようにと娘を半ば強引に嫁がせている。

のち大井の姫は嫡男である晴信を出産。そして、村上家からは、義清の姉が嫁ぎ、今川家に信虎の娘が嫁ぎ、諏訪家に信虎の娘が嫁ぎ、諏訪家からは後の勝頼の母が信玄の側室に上がっている。

信虎の時代、大井家から始まり、今川家、北条家、諏訪家、村上家に縁組と称して人質交換をしている。これらの複雑な半ば強引な縁組は、人々や家来の不満や反感をかった。

また、武蔵国河越城を本拠としていた戦国大名・上杉朝興は自身の娘を晴信の嫁（晴信最初の妻お産で死亡）に、また信虎には側室に未亡人を上げている。

これらの縁組に反対した飯冨虎昌は、信虎としっくりいかなくなり、武田の戦列を離れた。

そして武田家の代替わりを夢見て、青梅辺りで体制を整えながら、ひっそり暮らし、若き当主晴信の時代を待っていた。

やがて、苦しい甲斐の時代を終わりにすべく武田家臣たちが立ち上がる。

今川家に嫁いだ娘に会いに駿河へ赴いた信虎は、叛乱を起こした家臣たちに阻まれ二度と甲斐には戻れず、今川家に強制的に隠居をさせられたのである。

いよいよ、長男晴信が甲斐の新当主による新しい時代の幕開けである

この時、虎昌が若き当主に絶対の忠義を誓ったかは判らない。しかし、甲斐に

戻った虎昌は、やがて武田の要となる武田家嫡男義信の守役になっている。

虎昌、大出世である。この頃に、萩（現山口県）より姉の子飯富源四郎（のち山県昌景）が仕官して来ている。

世は、人質による複雑な人間関係、内面は家族が複雑に啀み合い、心休まる事がなかった戦乱の時代であった。

物語は、ここから始まる。

昌景公の五男から繋がり、山梨県山梨市で現在も温泉旅館「山県館」を経営する女将山県嘉子様は、初めて私が伺った時、ご丁寧に昌景公の説明をして下さった。

当時「信玄最後の側室」を書き終わった私は、何時か「山県昌景」を書こうと心に決めたが、次作は「花影の女」を上梓。以来、山県昌景の作品が完成するまで五年の歳月が流れてしまった。

何の資料もなく嘉子様に頂いた僅かな家族構成を頼りに、試行錯誤しながらの私の五年間は早かったが、待っていた嘉子様には何と長い年月であったであろう。

実に申し訳なさだけが、何時も何時も頭を過ぎた。

山県昌景を題材にした小説は稀で、図書館にも殆んど資料もない。呑気な私に山県嘉子様の話だけが頼りだった。

そんな私を嘉子様は嫌な顔一つせず、美味しいコーヒーを入れて温かく見守って下さったのである。

甲斐の婦人
昌景公の鎧見せ
静かに伝う
珈琲添えて

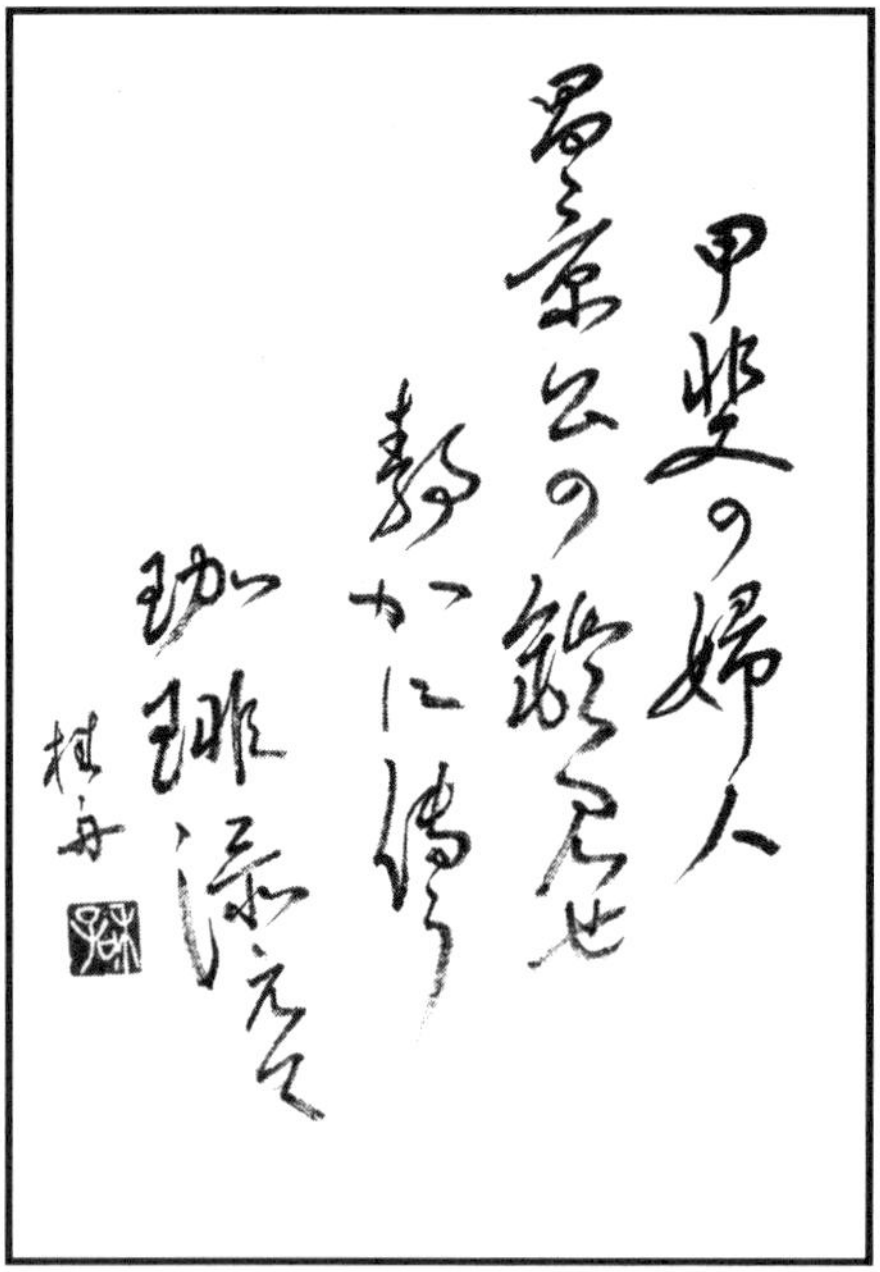

二、萩からの一行

晴信が信虎（父）を駿河（静岡県）の今川家に追放し家督を継いだ二十一歳の頃、萩（山口県）から一人の少年が武田家へ仕官しに訪れた。名を飯富源四郎と言う（後の山県昌景）。この少年は十一歳と記録がある。少年は萩から甲斐までの気が遠くなる距離を歩いて来たのである。信虎がお館様と呼ばれていた頃、山県姓の家来がいたが、信虎と対立して信虎の怒りに触れ、萩まで追放された様である。その山県一族は、やはり萩で頭角を現し城主になった。

その城主となった山県重秋の妻が甲斐の生まれであろう。武田家に仕えている飯富虎昌はその妻の弟である。

山県重秋と飯富女の子が源四郎で、源四郎は叔父の虎昌を頼って甲斐に仕官した様である。※虎昌と昌景を兄弟とする説もあるが、本作では叔父・甥の関係の説をとって話を展開する。

もう一人源四郎の姉が、甲斐の誰かは不明だが嫁いでいる。

何人かの家来に守られて源四郎一行は、嫁入りと称し萩から甲斐に到着した。繰り返すが当時の萩から甲斐へと徒歩で移動することは死と隣り合わせな難行であり、源四郎は二度と萩には戻れない、親の死に目にも会えないという覚悟を胸に秘めていたことだろう。

源四郎はその名の通り四男であったであろうと思われる。

萩からの山県家一行を若い晴信も、今か今かと到着を待っていた。

長男義信の守役飯富虎昌の甥で、利発な男の子と聞いていたからである。

のちの信玄と山県昌景の対面がここになったのである。

「面をあげよ」

「は、飯富虎昌の甥にあたる飯富源四郎に御座います」

「甲斐は遠かったであろう！」

「はい、遠御座《とう》いました。しかし初めて見る景色に楽しい毎日でした」

幼い面影を残したまま活発に、かつ聡明に答える源四郎。晴信は早速ながらこの少年を気に入ったようで、いつもより明快な声で矢継ぎ早に質問する。

「そうか…で、萩から甲斐でどこが印象的であった。いや、何処が良かった？」

「はい、やはり京で御座います。京の町並み、山々・数々の寺などはそれは大きなものでした」

「おおそうか、源四郎もやはり京か」

「でも…」

「でも…何だ？」

「甲斐へ入ってからは笛吹川の美しさに感動しました。それはそれはキラキラと美しい流れでした」

ちょうどその頃、晴信は笛吹川の治水工事に着手し始めたころである。

「うむ…。で其方は、何故萩から親元を離れ遠く甲斐に参った？」

「はい、父や母、先祖皆甲斐の出ゆえ、私も是非行きたいと叔父を頼り、御家に仕官したいと父母に頼みました」

「で、父上母上は何と？」

「はい、血筋だなと！」

「血筋？」

「はい、もとは甲斐にいた我が山県家の血が騒ぎます」

「なに、十代の其方が血が騒ぐと？」

「はい、この甲斐の武田家で働き、武田家で戦い、武田家で生きる、それが自分の血だと思います」

「そうか、頼もしいな！」

少年の眼に先祖が生き抜いてきた土地を守りたいという純粋さと、そして決してそれを諦めないであろう力強さが備わっていることを晴信は読み取った。

「血か？　しかし戦さは血の雨が降るぞ？　其方が血を流す事になったら如何する？」

「はい、私は男子です。喜んで武田家の為に働き、武田家の為に死にます」

「ほう…健気な」

まっすぐな気持ちで答える源四郎に、晴信は小気味良さを感じた。

「しかし虎昌、其方の入れ知恵か？」

二人の会話を一切遮らずに源四郎の横で控えていた虎昌に晴信は尋ねる。

「お館様…滅相も御座いません。源四郎一行は今到着したばかり、私はまだ二言三言ほどの再会の挨拶ぐらいでしか話も交わしておりません…」

当主の冗談にも似た意地悪な質問に虎昌は少々具合が悪そうに答える。

「源四郎は姉の子、こんなに生意気とは…面目ない次第です」

「いや、生意気とは違う、この利発さ、頼もしい…。このような者が遠方より仕官してくる武田の未来は明るいぞ！」

「ハハァッ！」

虎昌にとって久方ぶりに再会したかわいい甥である。愛らしさも残る幼き者ゆえに、年上者からの世辞も多々含まれているだろうが、現当主から破格の評価をその甥が受けた。虎昌は思わず晴信に平伏をする。

「源四郎、もう良い、疲れたであろう。湯でも入ってゆるりと休め、明日からの事は虎昌と相談するように」

「はい、有難う御座います」

晴信は源四郎のキラリと光る瞳に、確かな武田の未来を見た。

この十代の源四郎の瞳には、不思議な凛々しさがあった。

しかしこの少年が、やがて晴信自身、そして武田家の命運を握ることになるとは、晴信は勿論、この場にいた虎昌、そして当の源四郎本人にも予測ができなかった。

山口県萩の国から山県家四男源四郎は、十一歳という幼さで武田に仕官する。

やがて源四郎は徐々に頭角を現し、武田家に無くてはならない存在に成長する。

上洛の折は信玄公から城を貰い、五千人の家来を引き連れ先方隊に抜粋される。

これらの事から信玄公の源四郎(昌景)に対する期待の大きさが伺われる。

私は不思議と寒椿を見ると、ど

旅館・山県館に飾られる山県三郎右兵衛尉昌景着用の武具

んな寒さも辛さも死をも恐れず立ち向かう、昌景公がダブる。
私は昌景公とは厳しい寒さに一輪ずつ真っ赤な花を咲かせる、寒椿の強さを備えた武将ではないかと想像する。

厳寒の庭に
咲き初む寒つばき
可憐に一輪
また一りん

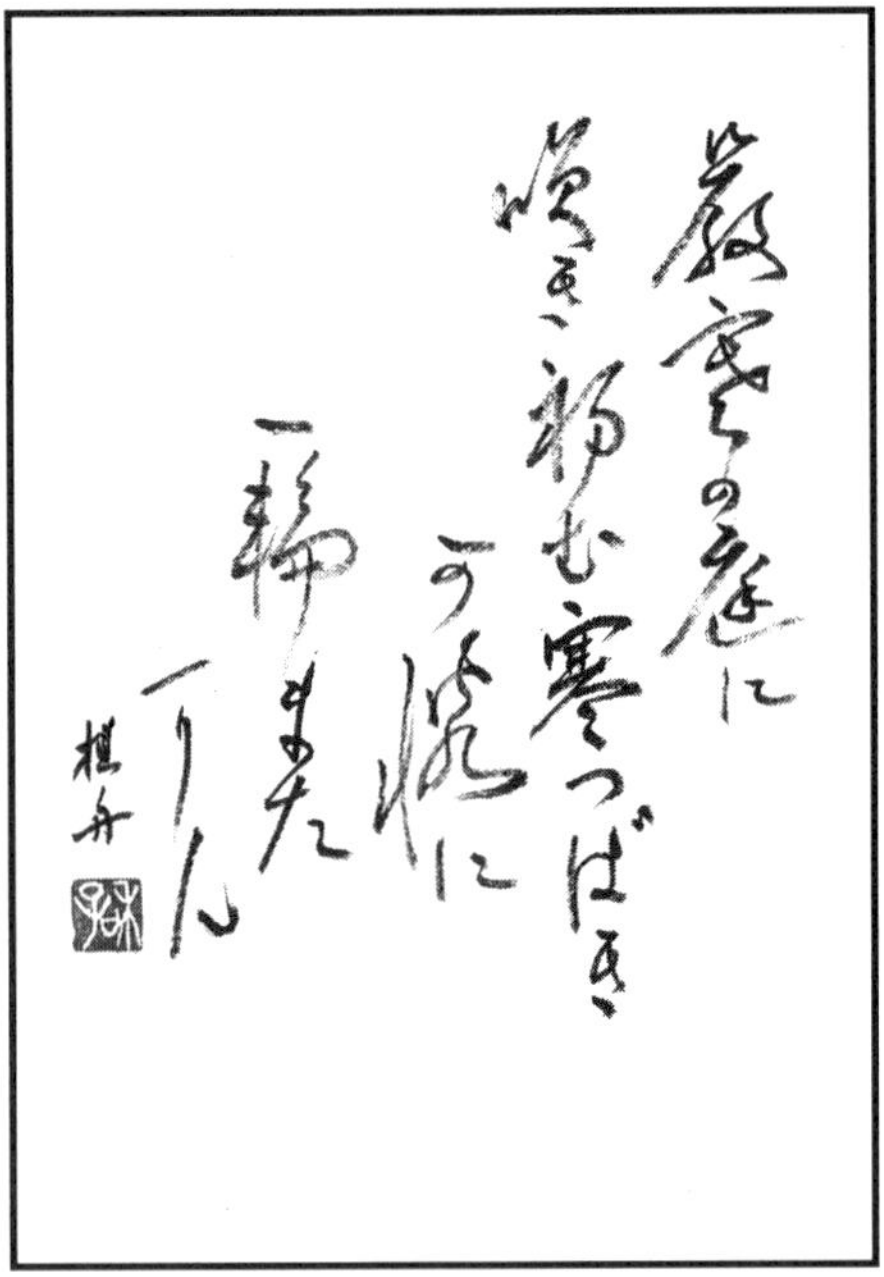

三、真田幸隆

家督を継いだばかりの晴信、この頃の晴信は朝駆けが好きだった。

夜がやがて少しづつ白くなり、ピンッとした空気が躑躅が崎一帯に立ちこめ、そろそろ朝餉の支度が始まる頃、晴信は一人馬上の人となり、気の向くまま場所も時間も決めずに走り、家来も交替で必ず一人付いて走った。

この朝駆けは、公務に多忙な日々追われる晴信にとって唯一の楽しみである。当主の身を案じつつも晴信の私的な時を守りたい家来は、複雑な心境ながらも、少し離れて付いていくのであった。

その日、晴信は笛吹川の辺りへ駆けてみたくなった。が、しかし何となく何時もと違う空気を感じていた。どうも見ず知らずの何者かに付けられているようである。何の根拠もない、只そんな気がするだけである。

突然に馬を全力で疾走させる。家来は慌てふためいたことであろう。

いくばくかして笛吹川のほとりに馬を止め下りてみた。殺気はない、大丈夫だ、と晴信は考え、川の水で手を洗う。七月の初めの早朝、まだ水は冷たく心地良かった。

すると、晴信の誘いに乗るかの様に、武田の者ではない、一人の男が近付いてきた。細身で顔は少し日に焼けたように色黒く、折り目正しい晴信近衛の者たちとは違い、どこか野性的な雰囲気を漂わしていた。

晴信はその男と向き合って目を合わせた。鋭い眼光ではあるが、強い理性を感じる凛とした様子に、この者も一軍を率いれる男だと晴信は察した。

「おはよう御座います、武田の新当主とお見受けします。早朝、あとを付けた事をお許し下さい」

「……」

「私は、信州真田一帯を治めていた真田幸隆と申します」

「真田…」

信濃統一も視野に入れていた晴信の情報網は、真田一族のことにも及んでいた。父信虎が以前信州海野一族を攻め入り撃退し、上野《こうずけ》国の箕輪城へと落ち延びさせている。配下であった真田も共に亡命生活をしていると聞いている。

「この度、晴信様が武田の家督を継いだと聞き、居ても立ってもいられず、是非一目お会いしたく…失礼ですが後を付けました。ですがさすがは晴信様…私の付けているのを馬上で気付かれ、何時もより馬を飛ばした。御家来がまだ、追い付きません！」

「いや、私が其方に気付いた事を、気付いた其方もなかなかよ…」

「いえ、恐れ入ります……少しお話しよろしいでしょうか？」

「かまわぬ、先代のやり方を変えようとする晴信だ…何なりと申すがよい」

この時の晴信は、父信虎の行ってきた治世の改革・改善に躍起であった。望まれた世代交代ではあった。だが自分を担ぎ上げたその家臣のなかでさえ、いまだ旧来の方式を守ろうとする者も少なくない。その者らを排除するか…、それでは父と同じである。ましてや自分を信じて付いてきている者を無下にするわけにいかない。この二進も三進もいかぬ現状に手詰まり感があった。そのようなときにこの突然の来訪者である。

「では、早速…申し上げることは二つ。晴信様の諏訪地方の攻略について…。そして晴信様の御身の安全を図るための策」

「ほう…」

表情も声色も変えない晴信。幼き頃から為政者の跡継ぎとして特別な教育を受けてきた晴信は、安易に表情の変化を他者に悟られない術を心得ていた。だが幸隆が紡ぎ始めた進言は、端から晴信の興味を引くものであった。

まず自身の安全については、立場上いかような危険にも晒される身である。身辺の防備は疎かにできない。

しかし、こちらの方が晴信には垂涎ものであった。諏訪地方攻略。諏訪の国人諏訪頼重は諏訪大社の神官も務める格式高い家柄である。戦乱の世になって以来、領土が隣り合う武田家とは常に争いが絶えることはなかった。父信虎の代で諏訪を一度は降し、有利な条件で和睦を取り付けている。

ところが信虎追放を契機と見たか、諏訪によってその和睦は破棄されている。甲斐信州の二国に覇を唱えたい晴信にとって自身の威光を周囲に示すためにも真っ先に討伐したい国人である。

だが諏訪との初戦で想定より武田に被害が出てしまった。これはいけないと晴信は考えた。なにせ武田を脅かす外敵はまだ多くいる。特に北信濃一帯を支配する仇敵の村上義清が控えている。可能であれば兵は一兵も無駄にできない。しかし配下の人心を完全に掴むのにすらもう少し時間が欲しい時に、最善の策がおこなえるわけでもない。晴信は頭を悩ましていたのである。

「先日諏訪勢との戦さを遠目で観察させていただきました。先のことを考えれば、いささか割に合わないことがあろうとお見受け致します」

晴信の長期的な戦略を見抜いているのか訳知り顔で幸隆は話す。

「いかにも苦渋しておる…だがお主は何を進言できる？　亡命の身であろう」

ピシャリと晴信は痛いところをつく。

「はい…土地を持たぬ身ゆえ、表の顔では晴信様のお役に立つこと、現時点では一切ないと言えるでしょう。ただこの真田幸隆を影として使役していただければ、諏訪を落とす道筋…いくつか用意できるかと」

「ほう面白い…表ではなく影とな…」

幸隆の不敵な言い回しに晴信は何かあると感じ取っていた。

「まず改めて我ら真田のことを…。真田の地は元来急峻な山も近く、野生の獣のような生活をする者も多くいます。それゆえ身体能力に秀でて勘もするどいの一族であります」

「なるほど…家来から聞いていた忍びとはお主らのことか」

「はい忍びでございます…それゆえ様々な調略の下準備も円滑に行えます。実は信州各地に我らの知己がそれぞれ潜んでおります。諏訪の更に向こうとなる伊那の高遠家にも…」

「なるほど…そういうことか」

晴信は高遠の言葉を聞き、幸隆が言いたいことを察した。高遠家は諏訪の南方伊那の国人である。武田と諏訪の関係のように隣り合う諏訪高遠も反目しあっていた。それを利用しようというのだ。

「高遠とのわたり…真田がひそかにつけること可能か」

「はい」

「ふむ。幸隆よ…わしは真田一族の主でもあった海野をそなたらと共に箕輪へと追いやった武田信虎のせがれぞ？　そなたの思惑は何がある？」

　本来なら憎い敵同士である。単刀直入に聞いた。

「はい…率直に申し上げます。さきほど晴信様は私の言葉を軽く聞いただけですべてを理解していただけました。いまは戦乱の世。このような主のもとで戦いたいものです」

「ほう…それともう一つ…望みがあろう」

「さすがです。我ら一族の悲願は真田の地に戻ることです。そのためにも…」

「北信濃を支配する村上打倒…か」

　二人の思惑は数年先で一致しているのである。互いに長い眺望を持たねばできぬことであった。

「真田の地を取り戻すために我ら影となって働きます。そして取り戻した暁には改めて表の顔で武田旗下に仕官させていただければ…」

　幸隆はここぞとばかりに続ける。

「これはまだ長年の準備と軍資金を要することになりますが、村上打倒のために我らが進めていることがあります。その一つとして村上家に仕える我らの知己に対し、私の手の者が接触し、『これからは武田の時代だ』『信州の真田一族は、全て武田に仕官した』『武田には砂金がザクザクある』と触れ込み砂金の包みを渡します」

「そして、もしことに至るときは、武田家軍勢の奇襲の際に門を開けておくよう手引きしておきましょう。いえ、奇襲を掛けなくても、皆砂金欲しさに、武田にこぞって寝返りすることでしょう。戦さで金を浪費するより、生き金として使うのです。村上の家来を砂金で、皆武田に寝返りさせるのです。なにせ村上の支配下する土地からは砂金はでません」

「なるほど、死金より生き金を使うか…うむ妙案ではある」

この調略の有用性はまだ不明ではある。村上義清は強敵だ。数年後に対峙したとしても攻めあぐねることであろう。しかし信州真田ゆかりの者を調略に使役できれば攻略はグンと易くなる。この者は砂金を投資にして、人心を上手く掴めることだろう。晴信は戦略面の幸隆の着眼を面白いと思った。

「……では次に、わしの身辺について聞こう」

「御身を守るためにもまず、能力も高く信頼できる忍びを側に置くべきです」

「これも忍びか…数のあてはあるのか？」

「はい。我ら真田一族のほかにも根津郎党をお雇いいれください。彼らも忍びの心得があります」

「ふむ」と晴信は思案する。さすがに、まだ素性もわからぬ者を即決で雇い入れるほど根拠のない豪胆さはない。心境を察した幸隆は言う。

「ご信頼を得るためと言ってはなんですが、わが三男昌幸（後の信之・信繁の父）を人質として差し出す用意はできております。根津からは三女千代を」

「ふむ」

「根津は男も女も全て忍びです。もちろん、千代も。これから御家には忍びによる迅速な情報が必要となります。忍びは些細な情報も掴むことができます。たとえば、武田の新当主は朝駆けがお好き、そこを狙えば……など色々です」

「なるほど…な」

　事実それをやられた晴信は心のなかで「こやつめ…」とつぶやいた。

「武田ひいては晴信様の安泰なくして、甲斐に安泰はありません。御身警護のために武田の侍女たちに根津のくのいち達から、馬や槍、剣などを習わせるのです。そして躑躅が崎館の警備は万全であると内外に示すのです」

「忍びはどこに置く」

「天井裏に忍び部屋を」

「で、床下には？」

「晴信様や奥方様、お子様達は、皆座る時も、寝る時も畳一枚を座布団の様に引いて、一段高くします。その畳一枚の裏は鉄板を張っておくのです。たとえ賊に侵入されようとも床下から刃物で刺せません」

「なるほど、これも妙案だ…」

晴信も感化され色々考えることがあるのか、わずかに思案に耽けた。傍らで晴信の声を待つ幸隆。

「しかし、真田幸隆…大した男よ。敵にしたら恐いな…」

正直な感想である。その言葉は幸隆の進言の承諾と将来の仕官の約定を意味した。

「いいえ、とんでもない。村上の件は武田の砂金を使わせて頂くだけです。これから私は、昌幸を晴信様に人質にお預けし、武田の為にだけ働きます。武田の砂金の事は、皆忍びで知れ渡っています。しかし、これから武田の情報は、他の忍びに知られません」

「忍びの重用…天井裏を武田の忍び部屋にするとは気づかなかった」

「それと、これから晴信様は影武者を多数付けます様に、あんなに砂金が出ては、お命が狙われます」

「影武者を…か？　考えておこう…」

「それから、武田家安泰の為にも多くの御子を生んでいただかないと」

「こやつ…よい続けよ」

仕官成りたての男が早速とばかりズケズケと当主のお家事情へ差し出がましい発言である。が、苦笑しつつも続きを促す。この男の進言にはことごとく晴信の心を射る魅力があった。

「そして、晴信様の部屋に側室が来るのではなく晴信様が、側室の部屋に移動してお泊りになるのです。晴信様の部屋が敵に知れてはいけません。お味方にもです。晴信様のお休みになる部屋は、誰にも分からない様に」

「其方、わしが夜襲われるとでも言うのか？」

「はい、そんな情報もちらほら…今川、北条、みな爪を磨いています…。それから、あと一つ！」

「まだあるのか？」

「はい！　これから側室にもくのいちがよろしいかと？」

「くのいちの側室？」

「はい、さきほど話した根津の千代がいいと」

「判った…会ってみたい」

「いいえ、会うだけでは困ります。この千代は、機転がきき、当家の後ろを任せられます。是非側室に。晴信様が驚く、いや、誰もが驚く利発な者です」

ほかの進言より強い口調の幸隆。よほど晴信の身辺は危うかったのだろう。

「そうか、しかし、知らなかった…くのいちを側室にしなければ危ないほどこれからわしは、命を狙われるのだな！」

「はい」

やがて馬のいななき、ひずめの音が遠くより聞こえてきた。

「ふむ。家来がやっとわしの行方を見つけたようだ。よほど蒼白していることであろう。あやつには気の毒なことをしたな。が、今日は得難き収穫があった。よし、おもな者には今回のこと話しておく。根津郎党も仕官させる。其方はいつでも躑躅が崎の館に来るように」

丁寧に頭を下げる幸隆。

「それから一つ、こちらの頼みを聞いてもらおう」

「はい、何なりと」

「武田に一人、気になる男がいる。まだ十一・二の子どもだが、その者は大層まじめで、火の玉の様な強い闘志がある。だがまだ若く、其方の様に遠くを見ない。今日明日を目一杯生きる男だ。この者の火の様な魂は凄い。わしはこの者が今後の武田にとって必要な一柱になる予感がする。これから多くの戦を切り抜けられる様にこの者を頼む、この者に未来がある、必ずある」

「承知いたしました。名は？」

「飯冨源四郎だ」

こうして武田の明日を見据えた二人の非公式な密議は終わった。警護の者が晴信のもとに駆け付けた頃には、幸隆は幻だったかのように消えていた。

——如才ないやつめ。

核心を突く進言、数手先を視野に入れた発想、去り際の鮮やかさ。それらは晴信が幸隆に信頼を置くための材料として十分なものであった。

これからまもなく、諏訪は武田家によって討伐された。同盟を結んだ高遠家を矢面に立たせたため、武田家はさほど被害を受けなかった。晴信の信州統一の嚆矢は憂いもなく無事成功したのである。

またさらに数年後、正式に仕官した真田幸隆の手により村上義清の城は無血開城となったのは言うまでもない。からくも逃れた村上義清は上杉謙信（当時は長尾景虎）を頼って越後に落ち延びた。この事が切っ掛けで、信玄対謙信の川中島の戦いに発展するのである。


話をもとに戻し、晴信と幸隆の密議から数か月が過ぎた。

甲斐に来てから幸隆は、何度か源四郎と会い、この少年に野山で有効に活用できる植物や戦場で生き延びる術などを講談を聞かせるように指南していた。しかし真田一族の秘伝ともいえる影の者としての思考法、技術まではさすがに教えようとはしなかった。

――何故お館様は、あれほど源四郎に力を入れるのだろうか。あんなに源四郎を頼むとおっしゃるのだろう？　源四郎は虎昌殿の甥である。何故、身内でもない私にも頼むのだろう？

活発な少年である。そのまっすぐさは、多くの者に将来の有望さを感じるさせるだろう。だが、一族を統べる身としてそこまで肩入れするつもりはない。

そんなある日、幸隆は源四郎を訪ねて虎昌の屋敷に赴いた。

「虎昌殿、息災で何よりです。本日も若輩ながら源四郎殿の指南に参りました。彼は何処に？」

「これは有り難きお言葉！　さきほどから源四郎は河原に行っております」

「この暑さです。子どもでなくても水が恋しくなります。では様子を見に行ってみましょう」

「宜しくお頼みします！」

本来家臣の誰もが畏怖する武田家重鎮の虎昌だが、本人は到って人当たりの良さを発揮している。晴信から仔細は虎昌に伝わっている。将来的には強力な政敵にもなりうるが気にせず虎昌は慇懃に幸隆に接した。幸隆もこの人とならば問題なくお館様を支えていけると思っている。

屋敷を後にし、幸隆は近くの河原に急いだ。

――河遊びか？　やはり子どもか。

だが、大人である我らが彼らの平穏を守るのだ。そう思いつつ到着した河原を見渡す。居た！　源四郎ら子どもの集団は、河原で一列に並んでいた。

「源四郎殿！　そこで何をしておられる？」

「あ！　幸隆様、しばらくです」

「泳いでいるのかと思ったが！　はて？」

幸隆の脳裏には水辺にて無邪気に遊ぶ子どもたちを想像していた。だが、いまの源四郎たちは年相応ではない異様な一種の殺気を帯びている。

喧嘩、とも思えたが、それにしては規律があるかのように整然としている。

「真田様、私達子どもは戦でまだ刀を持って戦えません！　しかし、何とか武田のお役に立ちたいのです。そのため毎日、石投げの練習をしています」

幸隆の疑問に答えるように源四郎は示す。

「石投げ？」

「はい、いつも川を挟んでの戦いです。毎日少しずつ石投げの練習をすればするほど、石は遠くまで飛ぶようになりました。それと始めと終わりに合図の太鼓を叩きます。途中でも勢いづくためには叩いても良いと思います。何もしないより良いです。子どもでもできる事をやるのです」

「なるほど……」

兵法の鍛錬にもつながるであろうことを、何も教わってもない少年が子どもの集団を率いて自然と行っている。幸隆は思わず唸った。

「あと河原で相撲を取ります。最後は汗を流すため泳いで終わりです。この暑さです。体力が付きます！」

「なるほど、見事な行いだ！」

「しかしこの方法は夏だけです。冬は幸隆様のもとで忍びの訓練をさせていただけないでしょうか。身軽な子どもは忍びの基礎を学んでも良いかと。取りあえず夏のいまは河原で石投げを頑張ります」

小さな体で源四郎は一生懸命だった。不思議な事に、身体の大きい子どもも源四郎の言う事を聞いていた。小さな世界のまとまりがそこにあった。

――なるほど。幼き身の自分がなにをできるかよく考えている。そして、人を引き付ける魅力も備わっている。お館様はこの才覚を早くに気づいていたのだ。やがて源四郎は次世代の武田家を動かす力となるだろう。

幸隆は源四郎に武田の未来を見た。

――この子は何かやる！　きっとやってくれる！

幸隆は己の不明を心でわびた。この者なら真田の秘術を教えてもなんら問題ない。幸隆の脳裏には晴信の横で活躍する成長した源四郎が見てとれるようであった。そして、まだ見ぬ晴信の後継者の片腕となっている源四郎の姿も…。


源四郎たちの鍛錬を傍らでみたのち、幸隆は満足気に河原を後にした。

親子三代歴史に名前を残した真田家は、二代まで武田に仕えた。

二代昌幸は、信玄公が亡くなり武田が滅びると豊臣秀吉に仕えた。

昌幸は長男信之を徳川家に、次男信繁（別名・幸村）を豊臣家に仕えさせた。

真田の名を残す手段で有名である。信玄公が亡くなり、勝頼の代になると武田家は少しづつ傾いて行った。

大きな理由は、やはり勝頼が親を越せなかった事と砂金が出なくなった事だろう。

勝頼の最期は実に悲惨だった。信長、家康を前に殆どの家来に背かれた。いよいよ最後に家来小山田と真田が勝頼一行（四〇数名）を迎える時、勝頼は迷いながら小山田を選択した。

しかしこれが命取りだった。

小山田は信長に寝返り、勝頼一行は門前払いで鉄砲を向けられ、余儀なく天目山で自害した。

この時真田を頼っていれば助

かったのである。

真田の城は、兵糧（米・味噌・酒）と畳替えと、勝頼一行を迎えて信長・家康と戦う準備をしていたのだ。

この選択の間違いをした勝頼は、勿論悲運に向かう哀れな武将に変貌した。

信濃路の
真田の里の館跡
緑美し
　平成の径

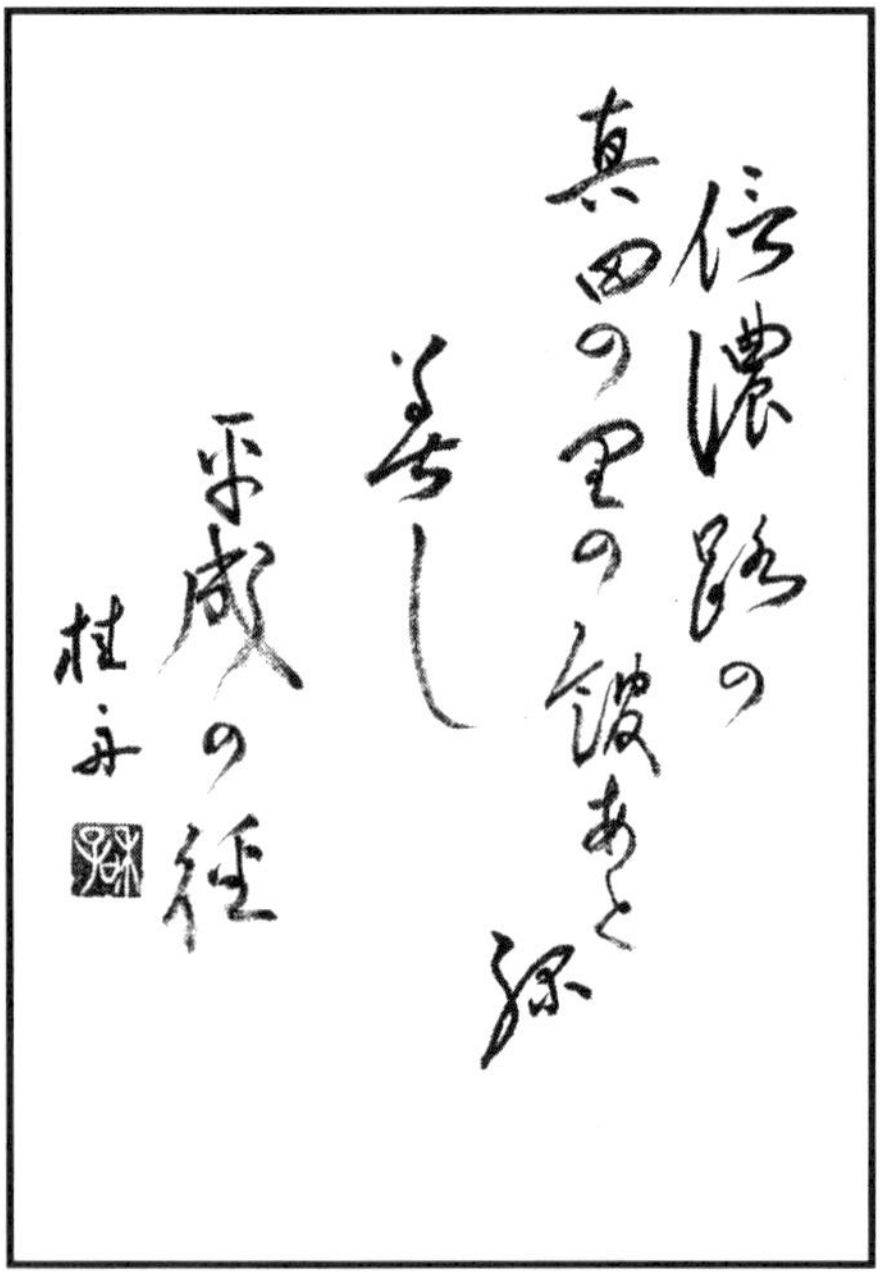

四、源四郎の婚儀

山県昌景の婚儀に関する史料は勿論ない。

昌景没の設楽が原の戦いが四十五歳くらいとされ、其の場で父の後を追って立派に殉死した昌景の長男昌次は二十七歳と記されている。長男の年齢から遡ると昌景（当時は源四郎）が祝言をあげたのは十八・九歳頃の様である。

源四郎、齢十八の頃の武田家は、北信濃（現長野県坂城町辺り）を支配する村上義清との戦さに明け暮れていた。この戦さに武田軍は苦戦していた様である。

「源四郎様お帰りなさいませ！　お怪我は？　当家の怪我人が多いようで！」

「大丈夫、かすり傷だ！」

村上の戦さから帰還した源四郎に、一人の女中らしき女性が駆け寄ってきた。

水呑を手渡され勢いよく喉を潤す。

「そなたは？」

「はい台所仕事をしておりますす上村家の舞と申します」

「そうかご苦労」

「左腕から血が出ておりますが…」

「大丈夫だ！　もっと重症な者を頼む！」

「いいえ、この血の量は無視できません。此処の温泉で何回も布拭きして、軟膏を塗りきつく布を巻き付けます」

「そうか、すまない」

舞の言葉を聞き、治療のために源四郎は素直にその場に座り片腕を委ねる。

落ち着いて見渡すと、武田領のとあるこの温泉場は戦場からの帰還者たちでごった返していた。温泉場は横になり動けずにいる人が多い。皆唸りながら切り傷に耐えていた。負傷者たちはおよそ数百人ほどだろうか？

大混乱の中、武田家の女中や家族が手当てを行い、医者は命の危ない者に付いている。にぎり飯、飲み水、粥等を女中が選び飛び回る。怪我人が呻る。

「ふう…」

喧騒とした場ではあるが、まずは一息をつけたとばかりに嘆息を漏らす。

この戦さの三年前には源四郎も初陣をすまし、すでに数度の戦さを経験している。初陣となった伊那攻めでは、武田軍勢にもっとも抵抗した知久氏の神之峰城で一番乗りを果たし、敵味方にその名を轟かした。源四郎はすでにひとかどの兵であった。

話を戻そう。

「源四郎様、にぎり飯を…」

「すまない、一つ」

「こうしてご無事でよう御座いました」

「うん…まいさんとやら名は平仮名か？　踊りの舞と書くのか？」

戦さの空気からの緊張が解け、源四郎は舞に話しかける。

「はい、踊りの舞ですが、私が生まれた時は母の好きな秋で、銀杏が沢山舞っていたそうです。それで舞と…」

「そうか良い名じゃ！」

うむうむ…と握り飯を食べながらうなづく源四郎。

「源四郎様、申し訳ありませんがお聞かせ下さい。村上との戦さはどうなったのでしょうか？　お味方の勝利ですか？」

「いや…この度は我ら武田勢の負けじゃ…勝どきが上がらなかった。御覧の通り怪我人が多すぎる」

「そうですか…」

「如何した？　其の方、いや舞さんの身内は大丈夫か？」

「はい、弟はまだ歳がいかないので、戦さには出ておりません…」

「そうか、それは良かった。親は？」

「はい…父は私が幼い頃に戦さにて武田家に加勢し亡くなりました。信虎様の頃で大変な時代でした。母はもとは村上の城にいましたが、その後の和睦で武田に嫁いだ義清様の姉上様について武田に来ました」

「そうか、それで村上が気になっていたのか？　母上の故郷か？」

「いいえ、村上が気になったのではまったく無く、どう言う訳か私は源四郎様が気になって、心配で心配で、お姿を探しておりました」

「何と……」

突然の話に源四郎は食べていたにぎり飯が喉につまる思いだった。照れ隠しもあってか、水をグイッと飲み込む。

「すみません…にぎり飯と布を持って駆けずり回って源四郎様のお姿を探しておりました。無事で何よりです。私は動くのが好きなので、女中を取り纏める方から台所仕事より忍びの訓練をしないかとこの前……あ、何処かお痛みですか」

舞は赤面しつつも良く喋った。源四郎は黙って舞の話を聞いていた。舞は底抜けに明るかった。

「源四郎様にぎり飯だけでは力が入りません。何か食べたい物をお持ちします」

「何がある？」

「葡萄、柿、林檎、煮物はかぼちゃ、芋、大根、椎茸、ああ椎茸は焼いて味噌をつけたものも…魚では串に刺した鮎の塩焼きを…それから鶏肉も串に刺して塩で焼いてあります」

品書きでもあげるようにせわしなく言う舞。

「台所もごった返しです。お館様が、戦いの前に『帰還した兵のためにも食事をたくさん用意を』とご指示されご出陣したそうです」

「今日は酒を出さず、まずたくさん食べて栄養を付けろと…。酒は明日から少しずつと」

「ほうとうは？　私がよく好んで食すが」

「あります」

「ではほうとうと葡萄を…」

「はい、すぐお持ちします」

舞は走って行った。源四郎は舞の後姿を見て、ほのぼのとした。

また舞が戻ったら、食べながら話を聞くのだろうと思うと楽しかった。

戦場から帰った源四郎にとって、この温泉場は正に天国だった。

※甲府市湯村温泉、当時この辺りを武田武士の怪我の温泉治療に充てていた。今の温泉病院である。

舞は歳の頃なら十五・六だろうか？　底抜けに明るい娘だった。

源四郎はやがてほうとうと葡萄を持って現れるだろう舞を、心待ちにしている自分に「ハッ」とした。

やがてバタバタと舞が現れた。

「お待たせしました源四郎様！」

お盆に乗せたほうとうと葡萄を渡した舞は、源四郎が食べている間中ずっと喋っていた。話の内容は良く理解できない事やどうでも良い事だったが、源四郎は聞きながら食べているのが楽しかった。

舞とは初対面の源四郎に、舞は、「ずっと前から源四郎様を知っていましたよ、何時も目で追って、源四郎様のお姿を探していましたから…」と言った。

「こんな小柄な…」

「小柄だから良いんですよ、ついつい探したくなるんです」

と舞は明るく笑った。

源四郎は甲斐に来てこんなに美味しいほうとうは初めてだと思った。

それは舞と言う調味料のお陰だと源四郎は思ったが黙っていた。

まさか舞がのちに源四郎のほうとうを永久に作ってくれる人になるとは、この時の源四郎は知る由もなかった。

充分な治療を受け、腹も満たした源四郎は、用意された寝床で横になり身体を休めた。横になりながら源四郎は、早く身体を元に戻して武田家の為に働かなければと、考え始めた。先ほどの舞との談話は実に充実した時間で、厳しい局面が続いた戦さの辛さを忘れさせてくれた。

だが、源四郎の本分はあくまで武田の兵である。あの明るい彼女や武田の領に住まう人々を守るためにも、もっともっと武田の軍勢が強くならなければならぬ。源四郎の頭はそのことで一杯となった。

源四郎、十八の秋だった。

武田敗退の混乱をよそに、葡萄や柿がたわわにに実り甲斐は豊作の秋だった。秋の収穫は、何処の家でも次の戦いに備える準備だった。

柿は干し柿に芋は薄切りにして干した。大根もたくあんや切干にしたり、椎茸も干した。ほとんどの家の軒下に吊るされた干し柿が青い空に映え美しかった。

余談になるが、信玄（晴信）も武田の者たちも戦場での疲れを取り、身体を癒す甘味は干し柿だった。遺されている文献によると、信玄公の懐には、何時も紙に包んだ干し柿が入っていたと記されている。

その後、源四郎が二十一となる頃、真田幸隆の攻略によって村上勢の砥石城が無血で落城した。あの時交わされた晴信と幸隆の調略が果たされたのだ。この手柄をもって真田幸隆は武田家の将として名を連ねることになる。

さらにのち、二十二となった源四郎は侍大将に昇格している。この頃から家来を付けられ、少し前に祝言を挙げた。もちろんあの舞とである。

晴信から祝言を挙げた贈り物として大量の砂金を下賜された。祝い事とはいえ一介の家臣としては破格の量でもあった。その砂金を元手に屋敷を建て、家来の面倒も何とか見られるようにもなった。公私ともに多忙ながらも、充実した日々を源四郎は過ごしていた。

だがしかし、その数か月ののち、晴信と共に大きな戦さに臨むことになる。かの有名な川中島の戦い（第一次）であった。

川中島の戦いの発端はこうである。前述のとおり砥石城を失った村上勢は、自身の本拠地である葛尾城で武田を迎え撃たんとするが、これも幸隆の調略により周囲の国人たちがことごとく武田に恭順。四面楚歌となった村上義清は、命からがら葛尾城から落ち延び、越後の長尾景虎（のちの上杉謙信）を頼る。

村上によって保たれていた北信濃の不安定な不文律は破られ、各地の国人たちは我は武田、我は長尾、とあからさまな旗幟鮮明が表面化していった。

そこにまたも村上義清が長尾と縁戚である北信濃の国人高梨家とともに領土回復を願い武田領を攻めた。が、一時的に武田を敗退させるも、即様武田の軍勢は奪還する。そしてこの北信濃の地の戦いは、景虎本人の出陣による長尾家本格介入に至り、それに応じて晴信も甲斐より出陣。千曲川と犀川が合流する川中島で龍虎が初めて激突することになる。

この戦いでは、源四郎も晴信本隊の前衛として大いにその力を奮った。

なかでも長尾勢の豪傑鬼小島弥太郎と一騎討ちをおこない、その対決は敵味方問わず近くの兵がその場で呆然となるほど凄まじかった。

が、結局一騎討ちは半端な形となって終わる。同じく戦いに参軍していた晴信嫡男の義信危機を一騎討ちの最中にも感じ取った昌景は、救援へと向かいたいために相対する鬼小島に正直に中断の願いを申し出た。

あまりの馬鹿正直さに、鬼小島も最初は驚いたが、昌景の武勇と真摯な心に感じ入りこれを認める。結果として昌景は見事救援に成功。この戦いののち鬼小島を「花も実もある勇士」と昌景はいたるところで称賛した。

とにかく両雄が激突した川中島は武田家にとって大きな試練でもあった。

しかし、この試練は二年おきに数度起こることになる。重ねて上杉謙信との戦いは三回行われ、そこから四年置いて第五次川中島によってやっと幕を綴じる

数度にわたる強敵との戦さは昌景を名将として成長させるには充分すぎるものであった。しかし、この大規模な戦さが、武田家全体に良きものをもたらすのか、もしくは悪きものをもたらすのか…。この時点では不明であった。

五、駿河からの客

三度目の川中島の戦いののち、晴信は甲斐にある長禅寺住職のもとで出家、法名「信玄」を公式文書にも使うようになる。領土安堵を願ってとも、寺勢力との友好関係を築くためとも、様々な説がある。

一方源四郎はというと、信州善光寺との往来に関する諸役免許の朱印状奏者（取次役）を信玄より任ぜられるなど、武田の内政面でも活躍をし始める。

さて、『甲陽軍鑑』（高坂弾正虎綱の口述から記されたと言われる江戸時代の書物）によると、信玄の父信虎は大変素行が悪く、信玄の若かりし頃、駿河（静岡県）の今川義元に嫁いだ娘の処へ隠居（追放）させたと記録されている。

この時に信虎に従った甲斐からの家来十数名から数百名、人数は定かではないが、甲府から駿河の移動なので数百名はいたと思う。この中に志村又左衛門と言う者もいた。この日を境として、信虎は八十の齢で生を全うするまで、二度と甲斐の土を踏むことはなかった。

だが、信玄から今川家には信虎化粧料（隠居代）として大量の砂金が渡っていた。本章では、この砂金を端に発して動き出す。

ある秋晴の紅葉の美しい日、駿河にいる信虎の使いとして、一人の女性が虎昌のもとを訪れた。

小顔で可憐な顔立ちである。白地に手毬の生地の着物がよく似合う、だれもが振り返るような美少女であった。実はその女性には、忍びの心得がある。甲斐から信虎が追放される際、旧主を守るため付いて行った家来の志村又左衛門の娘・志村弓である。

床の間に通し、念のためにと虎昌は人払いをして娘と面会をした。

「娘さん、忍びであるあなたがなぜ私を訪ねた？」

「ご隠居様（信虎）のご命令で、まず飯富虎昌様へとの事で御座いました」

「信虎さまは息災か？」

「はい、大変お元気です」

「信虎様は、如何お過ごしか？」

「はい、お酒を沢山召し上がりいつもと変わらぬお振舞です。娘様がいらっしゃいますし甲斐の頃よりお歳も召しました。しかし恙なくお過ごしです」

　自身の主の近況を丁寧に説明する弓。

「昔は戦いに明け暮れお子様と遊ぶ暇等なかったなどと仰られ、今川の人質の男の子と良く海釣りなどに出かけていました」

「人質の子？」

「その子も私と同じ歳で三河の国人松平家の竹千代様（のちの徳川家康）という方です。今では齢十八となります。一方の将としてご多忙になりました」

「おお…それはそれは！　もっとも甲斐には海がない。海の雄大な景色には信虎様も癒されることであろう。竹千代殿とは頻繁に釣りを？」

「はい、竹千代様と私を良く釣りに連れて行ってくれました」

「そうか、信虎様の様子は良く分かった」

虎昌の脳裏に在りし頃の信虎の苛烈な姿が浮かんだ。虎昌は信虎の過酷なやり方に嫌気がさし出奔した過去がある。そしてその信虎を追放して現当主となった信玄に仕えている身である。思うことも多々あるのだろう。

しかし、この度の弓の話に出る子どもたちと過ごす信虎の穏やかな様子を聞き、心にあったわだかまりの一つがわずかに晴れた心地がした。

「信玄様は大変お忙しいお方、簡単にはお目に掛かれない。今、使いの者を出し会談を取り付けてもらおう…。なに信虎様の使いの方だ。即様お会いするお許しを得よう。さてその前に、私の甥の源四郎にもここに訪れるよう誰か使いを！源四郎が来るまでしばし脚などを伸ばして身体を休めるが良い！」

「源四郎様？」

「うむ、配下の者と修練をしているはずだ。間もなく休息となろう！」

「はい、待たせて頂きます」

弓は虎昌の屋敷の景色の良い部屋に案内され源四郎を待った。

虎昌の屋敷は、躑躅が崎館の直ぐ傍で、今庭の紅葉が真っ赤に染まり美しかった。弓は四季の中でも秋が好きであった。

――何と美しい紅葉！　燃えるように赤い！　父と母の故郷はこんなに美しい処なのか？　父と母はどの辺りに住んでいたのだろうか？

ふと弓は、甲斐の山々や紅葉の美しさに我を忘れあっという間に時間が過ぎた。やがて、落ち葉をサクサクと踏む静かな足音がした。

忍びの弓は、小さな音を聞き逃さず我に返った。と同時に、

「おお源四郎、修練は終わったか？」

虎昌の声が聞こえた。

「はっ、みな良く鍛えあがってきました」

「うむ、で昼餉の方は？」

「はい！　ほうとう、漬物、葡萄、柿を頂きました。叔父上にも葡萄を少しお持ちしました」

弓の耳に二人の会話が聞こえる。源四郎の声は力強く底抜けな明るさがあった。まもなく弓が再び床の間に呼ばれる。

「源四郎の手土産の葡萄だ。弓殿も頂くと良い。甲斐の葡萄は美味だ」

——この葡萄を持った小柄な人が源四郎様？

弓は心で思ったが言葉にはしなかった。『この小柄さは忍びに向く。さらに一見ではわからないが着物の上からもわかるその胆力。身軽さと野性が同居している方だ』。忍びの者として相対する者を素早く冷静に評した弓。

その刹那、自身も虎昌から射貫くような視線で見られたことに気づく。忍びとしての習性が相手にいらぬ警戒を持たせてしまったのか。

「申し訳ありません…」

弓は自分の非を詫びた。人の好さげな虎昌が一軍を率いる将の眼になっていた。だが、虎昌も弓の忍びの業を理解している。好漢な表情に戻って詫びた。

「弓殿、私もご嫡男義信様の守役の務めである。許してほしい」

虎昌の役目上、武田家に不審な者が入り込まないか常に気を張った日々なのであろう。ゆえに自身の甥を値踏みするような視線につい反応してしまった。

「いえ…私も自身の配慮の至らなさを恥じる思いです」

相互に非を詫びるやりとり、青年は唐突に名乗る。

「飯富源四郎と申します」

よく通る声であった。喧騒な戦場でも号令を響き渡らせる声質であろう。その声質は緊迫していた部屋の空気を吹き飛ばすように一刷させた。

「初めまして、志村弓です」

助け船を出してくれたお礼とばかりに弓は自身の可憐な顔に見合うほがらかな笑みをうかべて言う。歓談する三人。少し刻がすぎてから虎昌は再度真剣な眼になり、さきほどのことをぶり返すようなある質問を投げた。

「源四郎、若い其方の目に尋ねたい。この弓殿は信虎様のお使いだ。両親とも甲斐の出で、信虎様の家来として今川の領内にいる。弓殿は忍びの技も身に着けている。仮にこの弓殿はお館様の屋敷に侵入できると思うか？」

「叔父上、本人の前でなんて事を！」

唐突な叔父の話に源四郎も驚く。弓は黙って聞いていた。

「本人の前だから言うのだ！　当家はいよいよ上野《こうずけ》平定への進軍も決定し、いよいよ外敵との戦いも激化していく。なかにはお館様襲撃を計る輩もいよう。お館様の身辺警護のためにも我らは忍びの実態を更に知っていなくてはならんのだ。源四郎、如何だ？」

人の好さげな虎昌の足元に絡み付く緊迫の遠因はこれだったのかと弓は察した。仕方なしに源四郎は弓を一目見やり語り始めた。

「……まず第一に…失礼ながら」

「弓殿は佇まいからして普通の女子《おなご》とは違う雰囲気が奥底に感じ取れます」

「ふむ」

「常に最大限の力を一瞬で引き出せるしなやかさを持ち合わせているような気がします。そう…名のとおり弓矢が寸隙で敵を射るような印象でしょうか」

「ほう…して、屋敷への侵入は叶うか？」

「はい…弓殿なら可能かもしれません。更にお館様の身辺を急襲したとして、四人の警護役がいたとしましょう。わずかな間を突き、うち二人を一瞬で…」

「始末できると」

「いえ…警護役もそれなりの実力者が担っております。やすやすとはできません。ただ警護役らを一時不能にする術を何ら持ち合わせてるように思えます」

「二人は不能、そして残りの警護役が混乱しているとこを狙いお館様を…」

想定とはいえ虎昌はこれ以上のことを言うのは憚った。

弓はドキリとしていた。もし仮に自身が信玄ほどの要人を狙うとしたら、おそらく源四郎の言うような方法でおこなうことは弓自身が一番知っていた。

この鋭さは真田幸隆に様々な秘術を教わっていた源四郎ならではの人物鑑定のおかげでもある。虎昌も長年源四郎と過ごしている人物だ。源四郎の見抜く力を信頼していた。

「ふむ。それほどの実力者が躑躅が崎に訪れたことは、わが武田家にとって僥倖ではあるな。弓殿、大変失礼な想定を…のちのち忍びの技術を出来る範囲で教えてくだされ」

「いえ、警護を考えるお役目上、当然のことと言えましょう」

もともと弓も信玄の身辺警護のため忍びの観点で進言をするつもりだった。虎昌や源四郎のような有力な将のお墨付きがあればそれも通りやすくなる。

やがて使いの者が戻り、お館様の面談が叶ったことを告げる。虎昌、源四郎、弓の三人は躑躅が崎の館に歩き向かう。

「お館様、信虎様のお使いでこの弓殿が駿河から参りました」

「父上のか…父上は息災か？」

「はい、大変お元気です。初めてお目に掛かります、志村弓です」

「おお…あの父上に付いて行った志村又左衛門の娘御か？」

「はい！」

「父・信虎は手が掛かるであろう？」

「いいえそんなことは…信虎様からお手紙をお預かりしております」

弓は着物の襟の糸をプツンと切り、潜ませた手紙を出す。控えていた近習の者に手渡し、近習が慇懃に信玄に差し上げる。信玄は無言で手紙を読み耽けた。数分の時間が長く感じられたのは弓だけであろうか？

やがて信玄が重い口を開いた。

「まったく！」

呆れたように吐き捨てる信玄。虎昌は思わず尋ねる。

「お館様、信虎様に何か？」

「父が砂金をよこせと！　おかしい…毎月届けているが。弓よ、父上はどの様な生活をしておる？」

「はい、あのう…申し上げにくいのですが、ご側室様がいらして、結構酒に着物にと……」

「だいぶ金を使っておるのか？」

気まずそうにコクリとうなづく。

「良い歳をして、父上にも困ったものだ！」

「しかし信虎様らしいですな…まあ御病気で寝たきりより結構では？」

「そうであろうか？　虎昌、わしは父上が寝たきりの方が良いわ」

わざとらし気に頭を悩ますしぐさをする信玄。

「そしてその手紙の続きに何か？」

「うむ。弓は赤子の時から武田のお役に立てたいと、志村夫婦が育て、忍びとするべく教育をしたそうな…」

「…結構な事で！」

「うむ、弓を指導役に刀や馬の教育をしろと…」

「結構！　弓殿なら問題はありません。この虎昌が保証します」

調子よく答える虎昌に、信玄は憎々し気に手紙を指し示す。

「見ろ！　手紙のこの箇所だ！　『信玄程になれば命が幾つあっても足りない、弓を寝ても覚めても傍に置け』…つまり側室にする様にと…」

「結構な事で！」

「虎昌！　先程から結構しか言わないぞ！」

「そうでしたか？　いや、これからは弓殿のお陰で当家は活気づきます。真田の時の様に！　そうそう、千代様も真田・根津一族ご出身のくのいちです。くのいちのご側室を増やされること、結構な事ではありませんか？」

「しかし、秀（秀子姫、信玄正室）の機嫌を損ねるぞ！」

「秀姫様は流石京の生まれ、最初はともかく今では千代様と仲睦まじいではありませんか？」

「千代は特別だ！」

「何をおっしゃるか。この弓殿も特別ですぞ…まして、お命を守る為の忍びの鍛錬もしていますし、武田から出た志村の娘御、何も文句はありますまい！」

主従でもある二人が調子のよいやり取りすることに、傍らの源四郎は笑いをかみ殺していた。それに気づいた信玄は戒めるように強い口調で言う。

「で、源四郎は何か？」

「いいえ、偶々叔父上の顔を見に寄り、ついでに付いてきた次第」

信虎からの推薦の弓に信玄は戸惑っている様子で、やたら虎昌に側室不要の同意を求めた。或いは照れ隠しなのだろうか。弓はもとより覚悟の上で来訪していた。弓もほほえましいような主従の会話をみて、この武田家がより好きになっていた。

結果的に、虎昌の今までの懸念をよそに、弓は側室として推挙された。

――信頼できる者にお館様を任せることができ、気が楽になったことであろう。

久しぶりに心底明るい表情を見せる叔父の姿が源四郎は可笑しかった。

ある日武田の躑躅が崎の館に、信虎の使いで静岡（駿府）から信玄を女性が訪ねた。この女性はのちに側室に上がり信玄の子を産む。

この女性も必死で信玄を守り、決して日の目を見る事も無く影の如く生きた美しい女性であったであろう。

弓という名前は私がつけた。

図書館で調べても彼女の名前は分からなかった。

なお父はあの志村又左衛門である。

ここで、なぜ弓が駿河から来たか？である。

信虎は嫁いだ娘の処に遊びに行き、そのまま甲斐に帰る事無く今川の世話になった様である。

家来も百人位は同行したであろう。その中に志村氏が居た。

やがて昌景は手柄を立て、信玄公から駿府江尻城を任される。

信玄死後は日送りの砂金も途絶え、やがて家来も散り散りになり、信虎は京に上がり、信玄上洛の消えた夢を追う。

その後志村氏は昌景の江尻城に仕官したと思われる。のち昌景に仕え昌景を守りながら設楽が原へと突入する。

そして忍に育てた娘は、武田で信玄公を守れと甲斐に戻した様である。

小説の主人公でも
名も知れず儚く
美し
花影の女

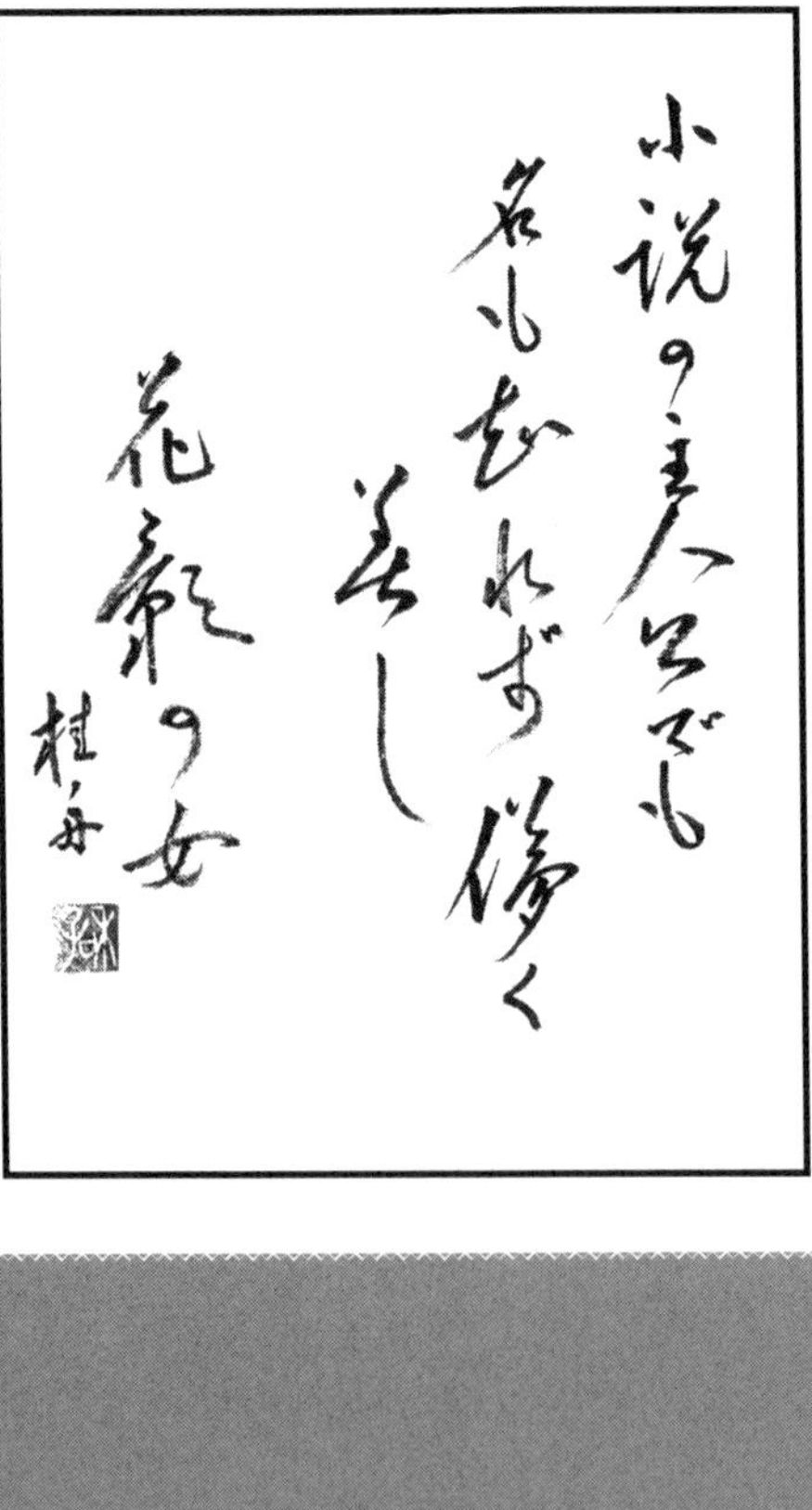

六、義信の反逆

夏の日々だった。珍しく信玄正室秀姫様が出掛けると言う。嫡男義信とその子息を伴い領内の灯篭流しなどの観覧などに赴くそうだ。

信玄の側室となり数年目の弓はその話を人伝てに聞き、まず違和感を覚えた。側室として嫡男義信とも数度謁見しているが、荒き若武者という印象である。外敵との戦いが増えた昨今、実母と団欒な時間を頻繁に過ごそうとする丸みを帯びた人物像には程遠い。むしろ今後の武田家を背負う者として、部下たちとの軍事演習に血気盛んであろう。周囲の者も、その軍事面での頼もしさを嫡男の資質と認めている節がある。

詳細を知るべく事情通に探ってみると、その度ごとに守役である飯富虎昌の屋敷に集まると言う。出かけるよりも屋敷内に留まる時間が多い時もあるそうだ。

これに弓は一つの確信をするに至る。あきらかに武田家をゆるがす何かが動いている。しかし主の身内である。下手に騒ぎ立てるのもまずい。

弓は持ち駒を使い、内密に情報を手繰ろうとした。また自分自身の忍びの能力で各所へ諜報活動をおこなったが、遅々として進まぬ。不安な日々が続く。

やがて弓の不安は的中した。

義信と思われる筆跡で「合点承知した」と書かれた密書を、虎昌の配下屋敷を忍び込んだ際に見つけたのである。すでに計画はかなり進んでいると見てよいだろう。弓は危険な虎の穴に飛び込む決意をした。

黒装束に天井裏。息を殺して音を立てず目的の座敷へとゆっくり確実に這っていく。夏の暑い空気が淀む天井裏は弓でさえきつい。外では蝉が騒がしく鳴いていた。屋敷の図面と寸法はよく記憶している。「ここ…」と弓は動きを止めた。

天井の下には一人、来客を静かに待ち構えているようだった。わずかの時が過ぎ、隠そうとしても隠せない荒々しい足音の主が座敷へ入っていく。

「例の件は…」荒々しい音を立てる来客は開口一番に尋ねた。

片方は「ぬかりなく…」と押し殺した声で答える。

――やはり…このお二人が…。

弓の推察どおり、声の主は義信と虎昌であった。

「虎昌…おぬしも色々含むこともあろう。だが、私は武田今川両家のことを思って行動を起こすのだ。父の考えでは全てが敵になってしまう」

「ハッ…若の申す通りです…」

話の内容からしてよからぬ企みは確実である。

ここまで何事もなく弓が潜入できたこともその証左であった。武田家の各屋敷には、他国の諜報活動を妨害がために屋根裏には一定以上の忍びが手配されている。ましてや守役であり忍び重用を常に進言してきた虎昌の屋敷なら尚更万全の状態であろう。しかしこの度の弓潜入に対して、ほとんどそれが機能していなかったのだ。

弓は味方の忍び同士が戦う羽目になるだろうと想定していた。いざとなれば配下に屋根裏に潜む忍びを誘導させ引き付けてもらい、自身は本命にあたろうと算段していた。いざとなれば屋根裏での暗闘も辞さぬ覚悟であった。

だがこの度の潜入はあまりにも易すぎた。屋敷に忍びが一人も手配されていなかったのである。

――味方の忍びを人払いしてまで聞かせたくない内容なのだろう…。

天井裏を這っていた時に弓は考えていた。それが如実になる。

「父は祖父と同じように暴走している…それであるなら歴史を繰り返すしかない…さらに場合によっては…」

義信の祖父…つまり信虎のことだ。弓はこの言葉ですべてを察した。なら、弓一人ではどうにもならぬ事態である。

――まずはあの方に相談するしかない！

弓の脳裏にある人物がよぎった。しかしその者にとって今後起きることは非常に残酷なことでもあった。弓は暗く打ちひしがれる。

弓の気持ちをよそに、天板ごしに隔てても義信の強い意志を感じ取れた。と同時に、ひたすら静かに張りつめた気を纏った虎昌の気概が不気味でもあった…。

とってかえすように弓は例の密書を手に携え、源四郎のもとに奔った。

「源四郎様、一大事です。お時間を下さい。大切なお話があります」

いつもの柔らかい表情の弓ではない。源四郎は事態の火急さを察し、弓に導かれるまま足早についていく。

ここは志麻の湯の館である。信玄も持病の結核がある為、頻繁にここで政務をおこないながら過ごしている。

源四郎は長い廊下を弓について歩いた。弓は後ろの源四郎に合図をすると、素早く自分の部屋に入った。源四郎も無言で弓に続いた。

部屋に入っても無言の弓は、床の間の掛け軸の紐を引いている。

静かにカチリという音がした。掛け軸がめくられると裏の壁には、成人が一人入れるぐらいの穴が開いていた。穴の奥は階段になっていて屋根裏部屋に続いているようだ。先ほどの音はこの穴が仕掛によって開いた音であろう。

「ここなら安心です」

――流石、弓様。実に忍びとして気を配られている仕掛だ…。

躑躅が崎の館と志麻の湯の館では賊が侵入すると合図が鳴らされ、天井裏の忍びが降りてきて要人を守り賊を撃退するのである。

屋根裏の一角に案内される。

「昨日この密書を拾いました」

「この『合点承知』とはどういう意味でしょうか？」

弓はいままでのいきさつを説明をした。そして続ける。

「義信様は『父は祖父と同じように暴走してる』と申しておりました。そして『歴史を繰り返す』…と」

もちろん源四郎も敏い。一瞬でまさか！という表情になった。

「はい…義信様は、お館様をご隠居させるつもりです」

「馬鹿な！　お館様はまだまだ現役。ご隠居なさるはずがない。義信様もなぜお館様を『暴走』してると…」

言いかけて昌景はハっとする。

「あの件か！」

「はい…今川の…」

「そうか…そうでありましょうな」

あの件とは、現在武田勢がひそかに準備を進めている駿河侵攻作戦のことだ。

この頃の今川家は尾張の織田信長に領主今川義元を桶狭間で撃ち取られ権威が失墜。駿河遠江両国で覇を唱えていた頃の姿は見る影もなくなっていた。

信濃統一に注力するため、背後の守りを固める策として今川と同盟関係を結んでいた武田家だが、その外交策は強い今川家が前提であった。信濃統一もほぼ為されたことも材料となり、もはやその価値は失ったといえるだろう。いよいよ武田家中でも同盟を疑問視する空気が漂う。信玄もついには今川との関係を清算することを決心する。

「義信様のご正室義子様は今川家の出。仲睦まじい夫婦です…この方針に反発された義信様もお館様と何度も話し合いました。しかし、何時も喧嘩別れです」

「叔父上様も義信様の守役として、義信様が何と仰られてもお諫めしなければならない立場だ！　それを…」

源四郎も言葉を濁す。

「源四郎様…如何に？」

源四郎様に酷なことを問う…と弓は己を恥じた。だが源四郎は実直だった。

「私は幼い頃親を捨て家を捨て、萩から甲斐に来ました。そんな私をお館様は自分の子の様に可愛がって下さった。叔父上が御館様に弓を引くなど以ての外です…。叔父上を何としてでも止めて見せます」

決意を固める源四郎、自身の悲壮さを隠すように続ける。

「おそらく叔父上は早朝にはここ志麻の湯の館を囲むでしょう。その前に私は叔父上の館を囲む、急がなければ危ない！」


急ぎ源四郎と弓は信玄に知らせた。信玄も不穏な空気をそれとなく察していたのか、「そうか…」とだけ静かにつぶやいた。そして、

「自分の叔父よりこの信玄を守ってくれるのか？　辛いだろう」

そう源四郎の身を案じたのだった。源四郎は、

「いいえ、子に裏切られるお館様の方がどれ程お辛いでしょう！」

力強く答え、信玄の眼を見据えた。信玄も応じるように昌景の眼を見る。

この時点で二人は自身らが為すことがなにかを暗黙に理解しあっていた。

事態は急転する。夜が明けぬうち、源四郎が数百人の武田軍勢を率いて、飯富屋敷を囲んだのは言うまでもない。虎昌の手勢は抵抗することなく降伏をした。

義信反逆は不発に終わったのである。

「……」

「……」

源四郎と虎昌の二人は押し黙っていた。かたや謀反を企てた罪人として、手足をきつく縛られ牢に入れられている虎昌。聴取者として牢ごしに叔父を見る源四郎。

この度の件について虎昌は「義信様は何の関係もない、私が独断で決めた事である」の一点張りだと源四郎は聞いている。

——守役として義信様のお言葉に従うしか…もし私も同じ立場だったら…。

源四郎も心では虎昌の事情はわかっていた。だが納得するわけにもいかない。

叔父は甥に対して一言も話さなかった。時間だけがむなしく過ぎていく。

——よく見るとだいぶ髪も白くなり、面相も痩せてしまっている。

改めて叔父のいまの姿を見る。人の好い好漢として誰にも好かれていたあの明るい叔父の顔も、今では鬼が宿り魂を吸われてしまったかのようなものだった。双方とも武田家の重務を担ってきた。あまりにも多忙な日々で、思えばこれが久方ぶりの再会であった。

――忙しさを理由にせず、私も叔父上とよく話をしていたら。

この件について話し合い、強く止めていただろう。あるいは義信様とお館様との仲介を買ってでて、良い方向へと導けたかもしれない。

過ぎ去った時を基軸とした仮定の話である。仮に戦場でこのような妄想じみたことに耽けても死が訪れるだけだ。即様この考えを捨てる。

もともと言いたいことは多々あった。しかしどれもうまく言葉にできない。考えが堂々巡りをして眩暈がする。過去も現在の出来事もめぐるましく脳裏に浮かび流れていく。そして、一点のみ言葉が出た。

「…弓様に露見されるよう…手配していましたな？」

「……！」

今まで石像だった虎昌の肩がピクリとわずかに動いた。

事が終わった直後、弓は源四郎に今回のことを詳細に伝えなおしていた。その時、弓は不審な点を改めて挙げた。一つ、密書の発見。一つ、屋根裏の忍びの数。その時は考えに及ばなかったが、家中をひっくり返すことを計画するにしては、迂闊に過ぎる。それはなぜか…。

「計画する義信の意志は固い」。「誰が何と言おうと考えを変える気はない」。「信虎の時と違い、武田家は信玄の手で強国に育ち、家臣団もよく纏まっている」。「まだ実績の少ない義信についていこうとする家臣は少ない」。「守役であり、そして武田家重鎮である虎昌はその実情を知らぬわけがない」。

それら一つ一つの欠片が、弓の証言により源四郎の頭で纏まった。

わずかに肩を動かしたのみで虎昌は一向に答えなかった。直後、今まで伏し目がちだった眼を源四郎に力強く向け、絞り出すような声で言葉を放った。

「武田家を頼む…」

その一言を聞いた源四郎は虎昌のみにわかるように小さくうなずき、黙って牢前から去っていった。

その後悲しきかな、義信も東光寺に幽閉されていた。その時の事を紐解こう。幽閉された部屋の四辺には格子が組まれ、常に三人の見張りが義信の一挙一動を監視していた。

「これが武田家嫡男の末路か…」

今の自身の境遇を嘆きつつ、義信は一人瞑想に耽っていた。

「私は間違っていない…父上が間違っているのだ…父上は、今川領を攻めるつもりだ。さらには京へ上洛する目論見もあろう。今川は父上の姉上が嫁ぎ、祖父がご隠居されている地だ。身内はどうなる。分からない…。しかし分かっているのは父上のやり方では平和が来ない、何時まで経っても血を見るという事だ。せめて今川とは腹を割って話し合ったら良いものを…これでは義子が可哀想すぎる」

義信と義子は、従兄妹同士の結婚だった。義子は今川義元の子だが、信玄の姉の子でもあった。

「今川を攻めるのはもっての外、父上は何故分からない？」

怒りが収まらぬ義信に、見張りの一人が格子ごしに話しかける。

「義信様…」

「何だ！」

「お館様のおはからいで奥方様と姫様とお話ができるそうです。如何致しますか？　恐れながらその牢場でのお話となりますが」

「分かっておる。そなたらの監視のもとだろうが、格子越しだろうが話は出来る！　顔も見れる！」

義信は了承し、半刻ののち、義信妻子二人が東光寺に訪れてきた。

「父上！」

「おお息災か？」

幽閉の身で抱き寄せることもできないが、家族の再会に義信も声がうわずる。

「義信様！」

「義子すまない！」

「いいえ…義信様は今川の為にこんな事に…。謝るのは私です」

「父上様、お爺様にどうか弁明をしてください。そうすればお爺様もお許しになります」

「すまぬ…父はお爺様に謝れないのだ」

「どうしてですか？」

「この非を認めれば、父義信が間違っていた事になってしまう！」

娘の必死の説得も聞かない態の義信。妻の義子が続ける。

「義信様、後の事は何とかなります。ここは一先ずお義父上に…」

「己の不明にしろと申すか！」

「はい、仕方がありません！」

「私が詫びてここを出ても、父上は今川を攻めるぞ。父上は自分の間違いに気が付かない」

激高する義信。格子越しに一歩も譲らずに言い争いをする両親を見て、娘は今にも涙がこぼれそうな顔になっていた。

義信はそれに気づき少し冷静さを取り戻した。

「誰か子供を向こうに…誰か」

義信の願いに、外で控えていた侍女が呼ばれ、手を引き娘を連れていく。

「はい、姫様…あちらにきれいな花が咲いています。花を摘んで、御父上に差し上げましょう！」

娘は仕方なしについていくが、時折名残惜しそうに振り返っていた。

「義子、私が死ねば父上は思い知る。考えて今川への考えを変えるかも知れない！」

「何とそこまで……義信様、嫌です。死んだら二度と会えません」

根気強く夫を説得するが義信は頑なに聞き入れなかった。

——これはもう…。

夫の信念の強さは巨大で強固な岩と相対しているような心持ちとなった。諭すことは無理であろう。

しかし、ここで諦めれば夫の行く末は明白である。必死に食い下がりたいが、堂々巡りとなっているのは確かだ。

改めて仕切りなおすのが最善であろうかと義子の脳裏によぎる。だが、おそらく同時にこれが今生の別れとなる可能性も充分にあった。

どうもしようがない今の境遇に義子はその場で倒れてしまいたいぐらいに目の前が暗くなる。だがここで倒れるわけにもいかない。

結局親子三人は再び会えることを願い、互いに後ろ髪が引かれる想いで別れることとした。

去り際に娘が摘んできた生花を義信に渡した。受け取る義信の眼は先ほどの信念に殉死しようとする武将の眼とは違い、優しさで溢れる一介の父の眼となっていた。

――このような境遇でなければ我ら親子は…。

あるいはただの一介の民の身であればと思う義子だったが、即様自身を戒めた。夫を救うためにやることはあるのだ。

「私にも考えがあります。早まらないで下さい。今、少しのご辛抱を……」

最後に義子は声をかける。義信は目を瞑り黙っていた。


数週間が過ぎた。

義子が手紙で知らせたのだろう。今川から義信様を預かりたいと千人ほどの出迎えの軍勢が到着した。

が、信玄は全く動じなかった。今川一行は甲斐には入ったが、少し離れた寺で家来が応対した。一刻ほどの話し合いのち、今川側は成す術も無く引き返していった。

やがて暑い夏が過ぎ、爽やかな秋が来た。義信は、東光寺で写経や経を唱え過ごしていた。

義信の耳にはすでに虎昌自刃のことが伝わっていた。最期までこの件に義信は関わりがないと主張していたという。

――わたしのような頑固者のためにすまぬ…。

武田の重臣を、自身と父の狭間で苦しませたことを心のなかで詫びた。

義信の母である秀姫が東光寺を訪れた。

「母上様、親不孝をお許し下さい」

「何を申す義信、親不孝と思うなら父上にお詫びして、ここを出なさい」

「それだけは出来ません。しかし母上は御息災のご様子、何よりです」

穏やかな顔で母と会話する義信。秀姫はそれが死相であることをそれとなく察した。

無情にも、甲斐の秋空は、何処までも爽やかに美しかった。

嫡男義信を失った躑躅が崎の館は、信玄秀姫は勿論、多くの家来が深い悲しみに包まれた。

しかし信玄は、造反首謀者の身内となり一番辛い思いをしている源四郎をよく労った。名前も肩身が狭いだろうと母方の飯富姓から父方の山県に改め、名も昌景とした。

ここに甲斐の猛将山県昌景の登場である。

信玄は昌景に家来を五千人付け、静岡の江尻城を与え、いまや今川にとって替わって駿河遠江の領主となっていた家康に睨みを利かせた。将来的には駿河攻略、そして京上洛に備えてであろう。

笛吹川渓谷に七つの温泉の出る場所も与えた。この時信玄から昌景に宛てた手紙も恵林寺に遺っている。

二年後、義信は静かに自害した。甲陽軍鑑によると「お腹を召された」とある。

信玄公の中で、最も深い傷は、長男義信に背かれた事であろう。クーデーターに失敗し、義信は二年近く東光寺に幽閉され、やがて自ら命を絶つ。信玄公はどんなに義信の反省・償いの言葉を待っていただろう。

見事にたわわに葡萄の実る秋、黄色い銀杏も真っ赤な紅葉も美しかったであろう。甲斐の秋は、何時の間にか義信を連れて行ってしまった。

信玄公が川浦之湯を改修するよう命じた唯一の文献

註釈

かわうらゆやぞう
えいほんがんのこと
さきざきのごとくかん
じんせしむべきのむね
じちゅうひょうじょうしゅう
よりげちあるべきものなり
よってくだんのごとし
辛酉（四年）五月十日（信玄竜朱印）
恵林寺

山県館パンフレットに描かれている昌景と旅館との由来

銀杏舞い
黄色い道を
奏でつつ
やがて儚く
秋は過ぎ行く

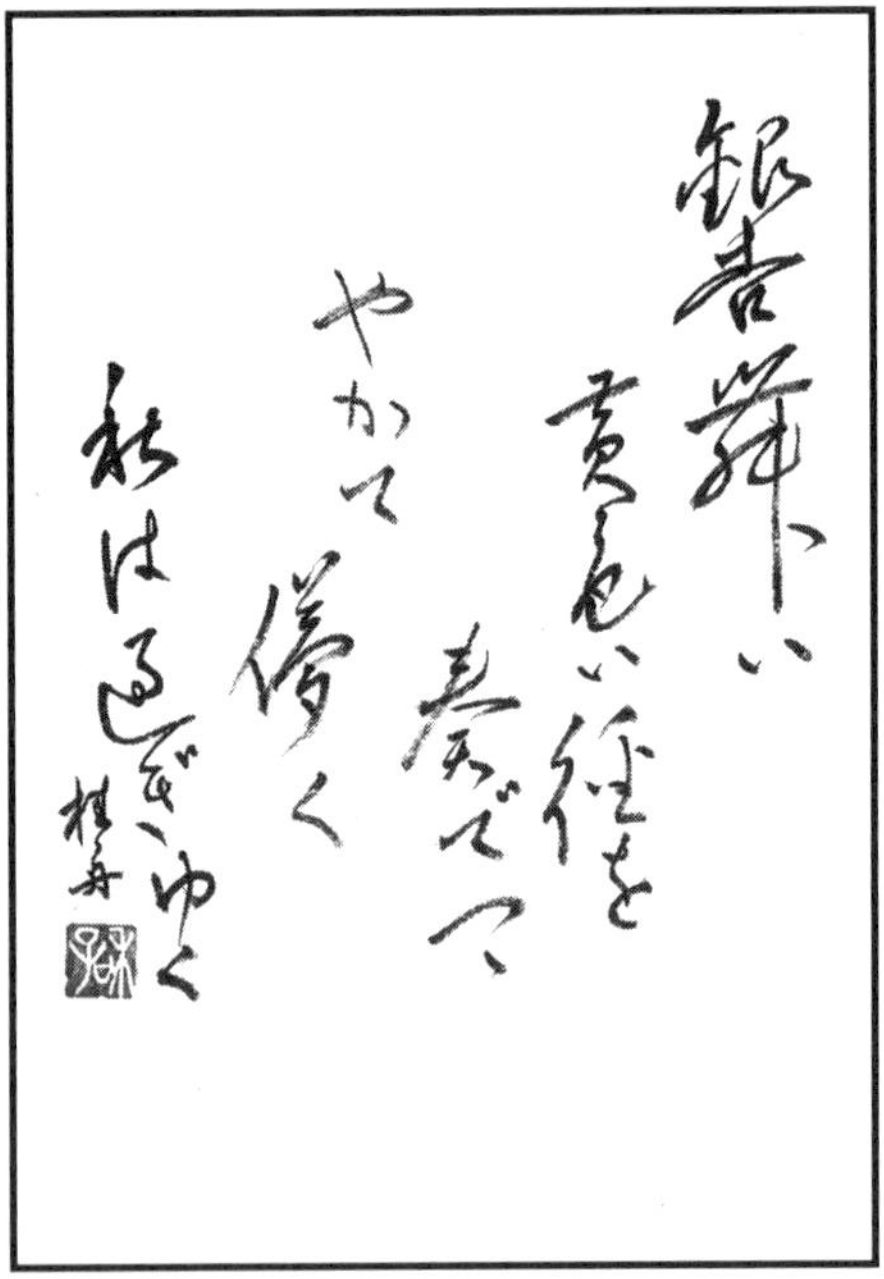

七、躑躅が崎の月

秋も深まり月の奇麗な夜だった。躑躅が崎の館の堀に今夜も鯉が跳ねた。門前には、交代制の夜番役が二人立っている。

やがて二人に静かに若者が近づいた。男はみすぼらしい出で立ちをよそに、顔は妙な清廉さを感じさせた。

「夜番ご苦労様です」

突然の訪問者の問いかけに、訝しがりつつ夜番の者が尋ねる。

「其方は？」

「怪しい者ではありません。昼間お屋敷の植木を手入れをした職人です」

「ふむ？」

「職人の命のハサミを作業ののちに落としたようで、失格です…」

「それは気の毒に。明日から困るのだな、それで探しに…」

「はい！　如何しようかと…何しろ天下の躑躅が崎の館ですから」

夜番の者たちもどうしたものかと困惑をする。

「あっ夜通し立っていては大変だろうと葡萄を差し入れに持ってまいりました。どうぞ」

男は腰袋に入れてある葡萄を差し出した。夜番役にとって、あまりにも怪しげな差し入れであるが、若者の顔には裏も何もなさそう純粋な人懐っこさがある。

夜番役の一人は、念を入れて毒見をするように慎重に食した。

「うむ、美味い」と一人。安心してもう一人も葡萄を食す。

「ふむ。門の奥側にも二人立っていてな、もう少し葡萄はあるか？　あちら側にもな！」

「あ、気が付きませんでまだあります」

若い男は即様もう二房葡萄を取り出した。

「一寸、葡萄を渡し話してこよう」

存外美味な差し入れに満足したのか、気の好さげな夜番役の一人は、門の奥へと話をつけにいった。もう一人の夜番役が語り掛ける。

「植木屋どうかな？　先ほど山県様が秋山様を訪ねておられた。山県様なら話が分かるかもしれない、少し待ちお帰りになる時にでも聞いてみよう」

「いえいえ諦めます。そんなお偉い方二人ではとても…」

「山県様も秋山様も話の分からないお方でない。聞くだけでも聞いてみよう」

「あ、ありがとうございます」

一介の植木職人にとって破格の扱いである。男は丁寧に頭を下げた。

「どこで作業していたのだ？」

「門をくぐりまして右の奥です」

「丁度山県様と秋山様が飲み交わし居られる辺りだな…このままでは埒があかないが…」

「まあわしの立ち合いのもと、入ってみてもいいかもな」

奥の者にも差し入れをしてきた気の好さげなほうが、話を聞いていたのかまたお人好しなことを言う。

「いくらなんでもそれは…」ともう一人は言うが、かまわず続ける。

「なぁに。上役にも話は通しておくさ。職人さん、もう一房貰えるか」

お人好しの夜番役は、葡萄を持って屋敷内にいる上役に事情を話に行く。暫くして帰ってきた。

「通して良いそうだ」

「それは忝い事で…恩にきます」

人の好い夜番役とともに植木屋は屋敷内に入り右手の奥へ向かった。

間も無く障子窓が備えられた書院造の部屋近くへと出た。外から見るに部屋に明かりは灯されていない。山県様も秋山様もほかの場所に移られたのか…、夜番役は思った。

「確かこの辺りで……」と職人は地面を探る。そこに屋敷内から声が響く。

「何を騒いでおる?」

夜番役は（しまった…この声は山県様だ！）と自身の失態に気づく。人気のない部屋だと思っていたが、二人とも静かに控えていたのである。おそらく灯りを消して月夜の光で酒を楽しんでいたのであろう。

いくらなんでも迂闊すぎた。夜番役は慌てて平伏し、事情を説明した。

「そうか…大事な道具を…まあ仕方なし、好きに捜すが良い」

多少酔っていた昌景は事情を聞き、快く承諾をした。

「秋山殿もよろしいでしょう？」

そしてもう一人の部屋主にも承諾を尋ねた。さらに奥から「かまわぬよ」という声が聞こえた。こちらが秋山信友の声であろう。

「姫様、ご安心なされよ…良い月でございますぞ」

窓から外の様子を探っていた昌景は、部屋に居る者に夜空に輝く月の様子を報告する。

「それはそれは」

奥から若い娘の可憐な声が響く。

――姫様…？　まさか！

夜番役は更に肝が冷える思いがした。部屋にいるのは昌景と信友だけではない。姫様といわれる若い娘…。それは秋山信友が守役をしている信玄の五女松姫であろう。

思わぬ出来事に若者と夜番役の二人はそれぞれ違う意味で心臓が飛び出しそうであった。

「ま、本当に何て奇麗な月でしょう！」

障子窓に近づいた松姫らしき女性は、まるで夕焼けの様な衣を纏っていた。

そして、黒絹のような長い黒髪は、朱色の衣に益々黒く輝いて色白の肌にほんのり紅が美しかった。

「姫様…いくらなんでも顔を出されますな」

信友が無邪気な松姫を窘める。だがそこまで強い口調ではない。

松姫は信友の言葉にフフと笑い、かまわず名月を眺め続ける。

「月光が姫様を見事に映えさせております。まるで御伽噺のかぐや姫でございます」

「まあ、ありがとうございます」

本来なら声を交わすこともない植木屋が発言する。松姫はそれに無垢な声で礼を述べた。

「こら植木屋！　姫様の尊顔を覗くな！　ましてや声を掛けるなんて！」

平伏したままの夜番役は顔面蒼色になり植木屋を叱る。

「いいではないか…これも中秋の名月のなせる業よ」

信友も鷹揚な性格なのか、不問にしてくれるようだ。

「で、ハサミは見つかったか？」

「それがまだでして…」

夜番役と比べ、職人の男は大胆な男である。武田の重臣に相対しているのに一向に怖気づく気配がない。

——はて？　この男、何かある…。

そう昌景はニラんだが、まずは信友と職人の男のやりとりを顎に手をやりながら静かに見守った。

信友も障子窓の際に立ち、月を望む。そして地面側にも目を向け、職人の男の顔を覗き込む。

「ん、其方何処かで会ったかな？」

秋山が疑問を投げる。

「いえ、初めてです…しかし私は時々こちらに仕事に来ておりますし良くある顔でして…あ、有りました、こんな所に」

「そうか、良かったな」

「はい、ありがとう御座いました」

職人の男は植木ハサミを道具袋に入れるしぐさをした。

「で、では、秋山様、山県様、とんだお騒がせを、我らはこれで…」

いまだ冷や汗が全身をめぐっている夜番役は、この場を早く離れたいのか、手短に挨拶をし立ち去ろうとする。

「探し物があってよう御座いました。お休みなさい」

意外にも松姫がもう一声かけてくれた。

「姫様お休みなさいませ」

「お前また！」

植木職人の厚顔さを夜番役は叱る。急ぎ門に向かった夜番役と植木職人は足早に去っていく。

突然の来訪者の後姿を昌景ら三人はほほえましい面持ちで見送った。

足早に門へと向かいながら植木職人はポツリと話し始めた。

「……吃驚しました」

「お前がまさか姫様に声を掛けるなんて…しかも二度もだ！」

「すみません、まさか帰り際にお声が聴けるとは『探し物があってよう御座いました』とか」

さきほどまで遭遇していた出来事を噛みしめるように職人は続ける。

「本当に美しいだけでなくお優しかった…ハサミを落したばかりに何て運の良い」

「いかにもだ！　お前また来い、またハサミを落とせ！」

「いや、二度とないでしょう、首が落とされます！」

やっと気が落ち着いた夜番役が冗談を言い、職人も大げさに首を手をあてておどける。

「でも今日は本当に有難う御座いました…失礼します！」

夜番役に深々と頭を下げ、男は屋敷の前から去っていった。

「不可思議な男だ」

今晩の夜番役は職人一人に散々振り回された形だが、あまり嫌な気分はしていなかった。


一方昌景は、秋山夫婦とほろ酔い気分で酒を飲んでいた。

「もう姫様はお休みになった方が？」

松姫の守役で世話役でもある秋山夫婦は姫に夜更かしをさせぬよう優しく諭した。

「はい…今夜は楽しゅうございました。お休みなさいませ」

松姫に伴い信友の妻も部屋を出ていく。

二人が去るのを見送ったのち信友が口を開いた。

「しかしさっきの若者、何処かで会っている…何処だったか？」

「植木職人にしては色が黒くありませんでしたな。言葉づかいも何処か上品さを感じさせるものでした。そして『まるでかぐや姫で御座います』とか。そして秋山様が何処かで会ったと尋ねられた途端にハサミがすぐ見つかりました…」

　昌景は冷静に先ほどの状況を分析していた。秋山は、

「ん、まさか！」

「分かりましたか？」

「もしかしたら定かではないが…織田家嫡男長男信忠殿に似ている！　わしは松姫様と信忠殿の婚約の儀に出席している！」

「何と！」

「姫様も信忠殿もまだ幼かった…だがよくよく思い出すと面影がある」

「織田との婚約が破談になった未練でしょうか？」

「うむ…先程の植木屋は二度とこの屋敷に来まい！」

「信忠殿…か…立派な若者であるな」

　この少し前、武田と織田は相互不戦を結ぶ関係となり、織田信長の嫡男に信玄の姫君を嫁がせ、両家の蜜月を重ねようとしていたほどである。

　だが、戦国の世の常、互いの戦略構想の不一致によって両家不和を引き起こし、進められていた縁談は無情にも崩れ去っていた。

仮に先ほどの職人の正体が信忠だとしよう。両家の都合など関係なく自身の想いに一区切りをつけようとする敵国の若き嫡男の心意気に、昌景は一つの感銘を受けた。
戦国の世に身を置きながらも、引き裂かれる二人の心情を察する素直な心が昌景にあった。

しかし、若者が信忠かどうかは誰も知らない。
知っているのは、躑躅が崎の館を照らす月だけだった。
今夜も躑躅が崎の月は冴えて美しかった。

親が武田信玄と織田信長、今なら親の七光とでも言うのだろうか？　松姫と信忠にとって何と言う重いプレッシャーが圧し掛かる男女だろう。

武田神社（山梨県甲府市）

この婚約は勿論破談になる。顔も知らず文通だけで恋をした悲恋の男女、信忠と松姫の物語は、何時か書いてみたいと思っている。
堀に囲まれた館には、元婚約者の松姫がいる。
今夜は賑やかに宴の催し物が聞こえてくる。
若い信忠は、そっと躑躅が崎の館を訪ねたのではないだろうか？

竹清流
つつじが崎の夢の　あと
今も残りし
宴の舞台

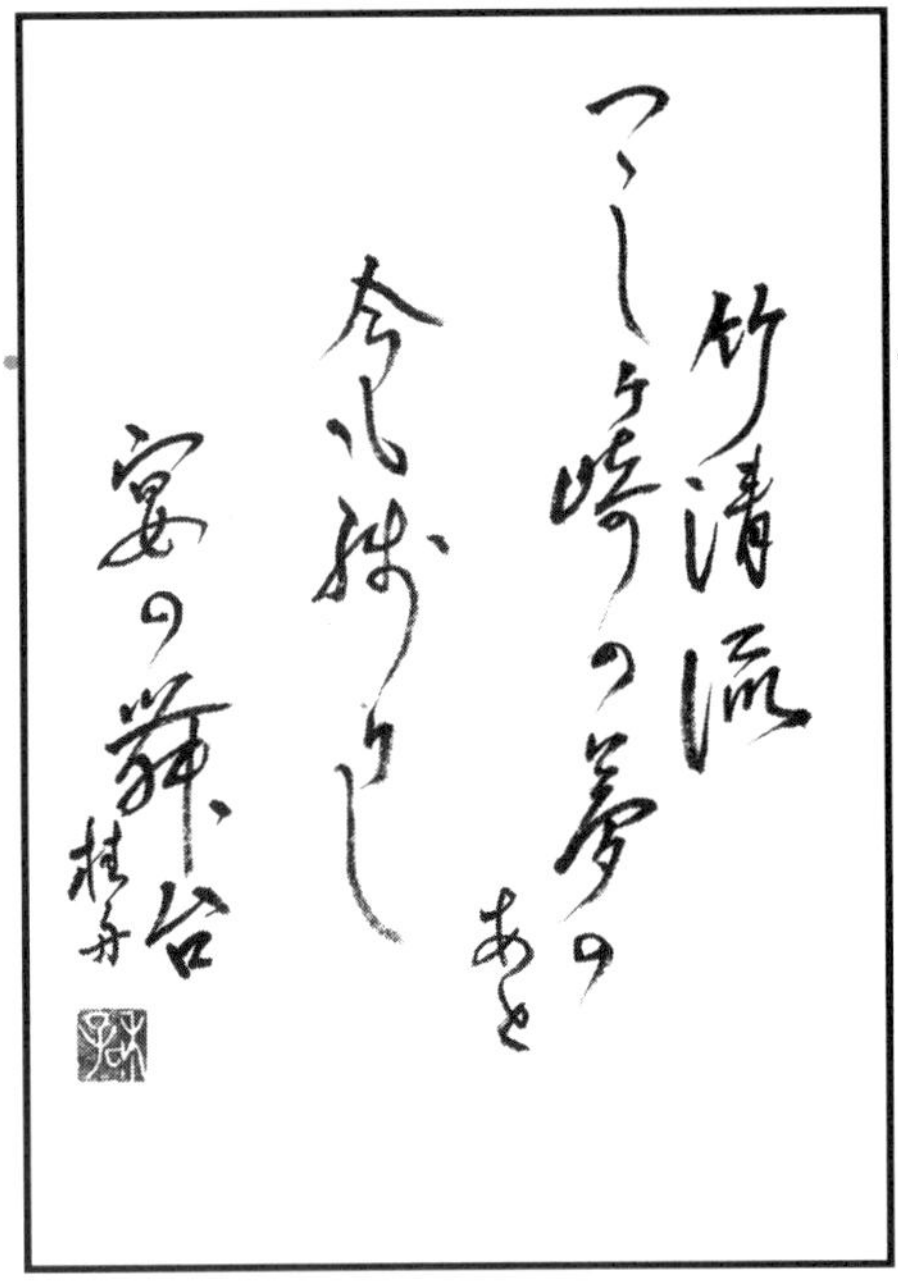

八、上洛進軍

一五七二年（元亀三年）十月一日、いよいよ武田軍は信玄の指揮のもと三万人の兵が西上する上洛作戦を実行した。

食糧、物資、人材…全ての調達を終えるのに莫大な時間と財力を必要とした武田勢の総力作戦である。

むろん、只一直線に京へ向かうのではない。途上の大名徳川家康、織田信長を撃破しながらの進軍を想定していた。

信玄もこの日の為、昌景を江尻城主に任命していたのだろう。『甲陽軍鑑』によると、昌景は先手衆の大将として五千人を引き連れ同年九月二十九日に甲斐から出発し、一足先に三河を攻めている。

又、秋山信友も昌景と同時に出発している。二組とも甲斐から伊那の地まで道を同じくして、昌景は徳川勢を三河の北側から攻め、信友は織田勢の東美濃に侵入した。

この時、秋山信友も一つのドラマがあったが、それは後にして、話を進めたい。

信玄本隊は十月三日に二万二千の兵力を率いて甲府を出発、青崩峠から徳川領の遠江を攻めた。

あらかじめ北三河の国人衆を指揮下に組み込んでいた昌景は、ものの見事に各所の徳川勢を撃破。その後、遠江二俣城を攻めていた信玄本隊と合流した。

武田勢の進軍は各地を呑み込んでいく。それに対し、家康は本拠地浜松城で籠城を決め込む。自身の領土を見捨てられる形になる消極策に徳川勢の国人も動揺したが、家康はすでに自らが出陣し、武田勢に一言坂で敗れている。趨勢は決まったとばかりに多くの国人たちが武田に降伏していった。

しかし、家康の籠城策は遠征軍となる武田軍勢にとって非常に有効的であった。信玄には次に戦う信長勢を見据えていなければならない。消耗戦は避けたいところである。

そこで信玄も大胆な博打を打つことになる。家康が在する浜松城を無視して進軍を始め、家康たちに背後をみせたのである。

家康もこれには迷ったのだろう。だが、これ以上自身の権威が失墜することは戦国大名としての死を意味していた。意を決して捲土重来のため出陣をする。

武田軍を追う徳川。いよいよ徳川が攻めようとした矢先、三方ヶ原の地で家康は絶望の光景を目の当たりにする。すでに信玄の布陣は徳川勢を包囲するように展開していたのである。時機、地の利、全て信玄の盤上で描かれていたのである。

この戦いで昌景も五千の兵を駆使し徳川勢の多くを討ち取った。なかでも虎昌から引き継いだ甲冑も旗差しも朱色で揃えた赤備えの軍団は家康にとってまさにその血の色のごとく地獄の死者であった。

家康は命からがら浜松城に逃げ帰った。この時家康は「世にも恐ろしきは山県昌景よ…危うく命を落とすところだった」と言ったという。

もし、ここで昌景が家康を討ち取っていたら、歴史は変わったのかもしれない。十二月末のことであった。

もはや浜松の残存兵に反撃する余力無しと見た信玄は、翌年はじめ、三河へと侵攻を開始する。

信玄と昌景は東三河の要衝である野田城を囲んだ。徳川勢の守備兵は僅かながらも、天然の堀で形成されたこの山城でよく戦っていた。信玄も兵の損傷を避けたかったのであろう。少し時間をかけて攻め落とすことにした。


そんな籠城戦の最中、夜な夜な遠くから、まるで人々の心を慰めるかの様に、静かに笛の音が聞こえてくる。その美しい音に、三河の徳川勢も武田勢も、誰もがこの時刻になると耳を澄ませて待っているかのようであった。

音色が発するのは野田城からであった。

「昌景、見事であろう…もう三晩も続いている。三河武士にもなかなかの者がおるわ…戦すら忘れてしまう心地よ」

「お館様、すっかり目が覚めてしまいましたな」

「そうであろう、そうであろう！」

この時、信玄の齢も五十を過ぎていた。持病である結核の辛さもあってか最近の信玄は妙に無情なものを追い求めてしまう。

昌景はそんな信玄をこの冬の遠征で酷使させないよう配慮し続けた。

「お館様、強兵の多い三河に長居は禁物…お館様の体力の消耗にも…当初の予定通り信長に備えるため、三河を通り過ぎるべきでは…」

昌景は信玄を恐れず言葉を紡ぐ。だがその言葉の最中に、突然信玄はまるで笛の音に吸い寄せられるかの如く、フラフラと外へ出ていった。

「誰か盆長（小さな椅子）を持て！」

信玄の思わぬ行動に昌景も驚く。慌てて近習に盆長を用意させる。

「昌景、まるで心が洗われるようだ、今が三河にいて戦の最中だと忘れてしまうのう昌景」

昌景は不審に思った。あまりにも聞き入りすぎている。

「敵ながらあっぱれだ！　褒美を取らせたいくらいだ！　昌景、其の方とも随分戦を通り抜けてきたな…」

「お館様らしくもない里心ですか？　しかしこれでは味方にもいけない…戦を忘

れて甲斐へ帰りたくなります」

「そうであろう…それほどこの笛の音は不思議だ、まるで魂を洗われる様だ」

昌景の忠告の意図を察せず、信玄はただ笛の音色を聞く。寒い冬の進軍に疲れたのか、今の信玄は何か取り憑かれているような様子でもあった。

これは良くない…。昌景は危険に思い、無理矢理にでもこの場を離れさせようと動いた刹那、「バン！」と短く鉄砲の音が、静かな月夜の古城に響き渡った。

「誰か！　お館様が！」と近習の誰かが叫んだ。

「昌景様！」

銃弾から身を挺して信玄を守った昌景に近習の者たちも駆け寄る。

「大丈夫だ、弾はお館様の肩をすれすれに擦っただけだ！　長い板を持て、お館様を横にして静かにお運びするのだ」

昌景は冷静に周囲に指示を出した。そして敵味方に聞こえるように「お館様は無事だ」と大きな声で叫んだ。

板の上に信玄を横たえさせたが、確かに肩の傷が見えるのみで身体のどこにも支障はないようだ。だが、「ううう…」とも「あああ…」とも呻り続ける信玄。

眼が異常であった。

――昌景…大丈夫、掠り傷だ。騒ぐでない。敵に悟られる。静かに運んでくれ。

信玄は騒然とする周囲と昌景に告げようとする。

――わしが撃たれた事は他言無用だ…昌景、勝頼だけに知らせを…勝頼を！

しかし誰も信玄の言葉を聞こうとしない。

――昌景何故聞かない…其方を無視して外へ出たわしを怒っているのか…すまない謝る！　何か答えてくれ…聞こえぬのか昌景…。

ここに至って信玄は自身の声がまともに出ていない事態に気づいた。この時、脳卒中だったという説もある。信玄は昏睡に陥った。


時は少し先に進ませるが、この時の経緯を後日、家康は浜松城に呼び寄せ野田城の者から直接訊き出していた。

「はい家康様。あの日、夕食が終わって交代時間になると、私は三日三晩、高いところに立って笛を吹いていました。すると三日とも同じ武田勢の者が一人で現れて聞いておりました」

「暗くて顔は分かりませんが、盆長に座り威厳を感じさせる者で、おそらく武田勢にとって要人であると」

「あまりに熱心に聞いてくれるので、だんだん私もその男が現れるを待つ様になりました」

「しかし戦いの最中のあの三日目、私は城中でも鉄砲が得意な者に申して…」

立て続けにしゃべった男もそこで言い淀んだ。

「そして鉄砲で撃たせたのだな」

家康は自身の膝にピシャリと手の平を打ち、続けて訊く。

「はい…しかし、私の笛の音を熱心に聞いてくれる人を撃つことを…」

「なにをいう。其方は若い、これも戦ぞ…」

家康も辛い人質生活を幼少に過ごし、世の無常を心得ている人物である。男を優しく労わう。

「そして、撃った後が大切なのだ…どんな様子であった？」

「はい武田の陣は騒然となり、家来らしい小柄な男が人を呼び、板に寝かせて運びました」

「何人ほどだ？」

「はい…五、六人でしょうか」

「撃たれた本人は何か言っていたか？」

「いえ、一番先に駆け付けた者が…騒ぐでない大丈夫だと、とても大きな声で…あとは静かになり良く分かりません」

「いやそれで充分だ！　其の方の大手柄である」

家康の脳裏では撃たれた武田の要人が「信玄」であることは確実となっていた。


信玄が撃たれ数日か過ぎた。あれから信玄と言葉を交わせた者は誰もいない。高熱が続き、掠り傷とは言え、右肩の激痛は容赦なく信玄を襲い、三河田口の福田寺で信玄は意識不明に陥っていた。


「ムムこれは…？」

今、信玄は駕籠で京に向かっている。季節も冬が終わり、陽気な春の様相となっていた。

その心地にうとうとしている信玄に、懐かしい人々が現れては消えて行った。

「おお秀姫、京都生まれの其の方も来たのか？　義信も一緒か？」

妻や子のほかに今までの武田の戦さで失った自身の弟たちもいた。

急に身体が重くなり意識が薄れてくる。熱が出てきた。高い熱である。

「勘助…虎昌も来てくれたのか？」

長年頼りにしてた忠臣たちも現れる。

突然雨足が音を立てて強く降ってきた。


雨の音で目を見開く信玄。汗をかいていた。息も絶え絶えであった。

——夢…いやそうか…あの時にわしは撃たれて…。

意識蒙昧ななか野田城のことを思い出す。思えば野田城攻囲を始めた頃から身体全体が異様な熱っぽさに支配されていた。

その半ば朦朧としたなかであの笛の音は、その熱を帯びた身体を癒すかのように心地よいものであった。それに吸い寄せられてしまったのだ。

――このままでは…武田は…勝頼は…。

勝頼とは義信廃嫡後に決められた後継者で信玄の四男である。武田が攻め寄せた諏訪家の遺子湖衣姫を信玄が側室にし、その後勝頼を産んでいる。

だが、本来勝頼は諏訪支配のために諏訪家後継者に据えていた。名も諏訪勝頼であった。義信反逆を機に武田姓に改めさせている。

代替措置としての後継者指名…このため武田家中からも未だ勝頼の正当性を疑問視している者も多い。

――割れる…武田が…。

この時点で信玄は自分の死期を悟っていた。急いで後継者問題を解決しなくてはならぬ。不安が襲う。だが意識は朦朧とし、また相変わらず口もきけぬ。

信玄に意識が戻ったと気づいた近習は急ぎ昌景を呼ぶ。

駆け付ける昌景。幸いに勝頼も一緒のようだ。信玄は横たわった身で必死に昌景の眼を見やる。

「……筆を用意するのだ」

昌景は信玄の眼で察してしまった。信玄に代わり近習に申し付ける。

やがて近習の者が筆と紙を持ってきた。昌景は信玄の身を起させ背中を支えた。手が絶えず震える状態で信玄は筆を走らせた。

長い時がかかった。信玄は『余の死を三年間秘めて三年の内に武田の態勢を整えよ。又上杉家と和睦せよ！』と書き、また意識が途絶えたのだった。

上洛の途中で、信玄公は亡くなった様であるが、病気死亡説と鉄砲で撃たれた説がある。

それ位緊迫した状態で上洛したのだろう。私は「信玄最後の側室」では、主人公の弓が、下血する信玄を籠の中で抱き信玄は息を引き取った説で書いてみた。

しかし今回の山県昌景では、上洛の途中家康の城を囲んだが笛に聞きほれて、うっかり油断して鉄砲に撃たれたとした。

どちらも考えられる。

肩の傷が悪化して、持病の結核が重なり熱で亡くなったかもしれない。

信玄公には申し訳ないが、いろいろな想像が私の頭の中を駆け巡る。

そして山県昌景は、何時も信玄を必死で守っていたと想像する。

武田武士
京へ京へと西の旅
やがて
空しく夢
引き返す

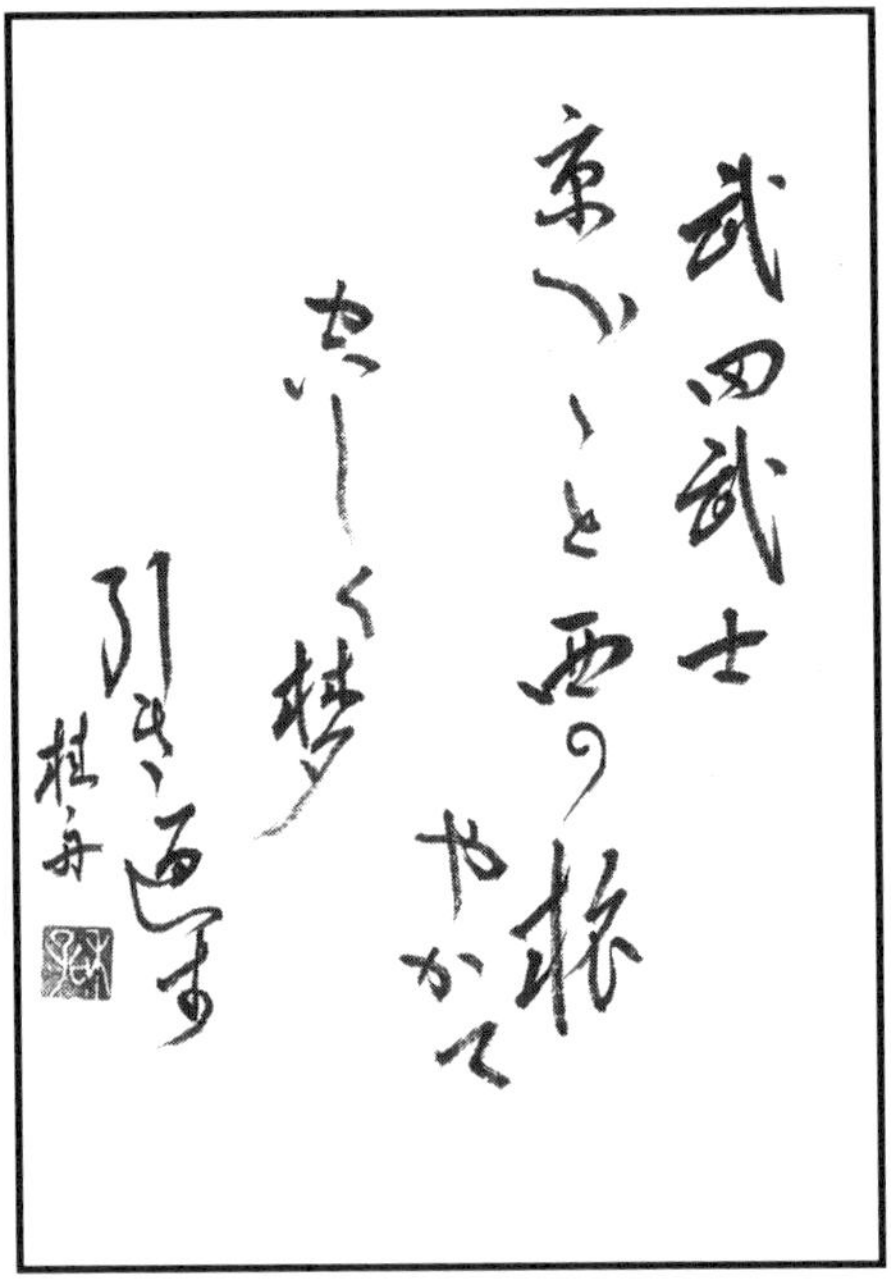

九、帰国

三河田口の福田寺（今の愛知県）。信玄の様態は一向に改善に向かわず、武田の軍勢は何日も留まりそこから進まなかった。

勝頼と家臣たちは軍議を開き、

一、数人乗れる大きな駕籠を用意し信玄を横に寝かせて進む事

一、甲斐から医者と女性を呼び寄せる事

一、京に進んでいると見せて、甲斐に引き返す事

と決めた。

決定的な理由は、やはり信玄の吃驚させるほどの喀血だった。

一行は甲斐から届く大きな駕籠と、早馬で来るであろう側室の千代と弓を待っ

た。喀血した病人の食事や細かい事が男衆には分からない。千代たちの到着を誰もが首を長くして待った。しかしその様な時の時間は長く感じられる為、二人が到着するまで近場の女性を手伝いに頼むと決まったが、ここは他国の為に当てがなく、女性は中々見つからなかった。

そして俄かに動きの止まった武田を不気味と捉えたか、他勢力も特に動きを見せなかった。

「これそこを通る女、止まるが良い」

福田寺の近くで軽く武装した兵が女に話しかけた。

「…あの？　私が何か？」

恐る恐る女は聞き返す。

「なに、咎めているわけではない。知っての通り我々は武田の者だ。田口に数日滞在しているが初めて見る顔なのでな」

「はい、実は私は流れの客商売をしています。しかし、お侍様の客に見初められ、ある城に入ることになりましたが、戦が始まる混乱のなか逃げて来ました」

「ふむ…つまり地元の者でもないということか」

兵は一寸思案し、

「実は、我が武田のさるお方が病いにかかってな…世話する者を募っておる」

「もちろん詳細は明かせぬが、甲斐より世話をする女性を手配している。到着するまで男手だけで看病をしているのだ」

「とはいえ、男の世話では細かいところまで行き届かぬ…そこで世話役の女を探していたのだ」

矢継ぎ早に話す兵士。事情通でありおそらく武田でも少し上役なのであろう。

「は…はい、それなら…」

ここまで話されたら女も断るわけにもいかない。仕方なしに承諾する。

「おおすまぬな…なに甲斐の女性一行はあと四日もせず到着すると聞いている。それまで頼む…もちろん報酬は出す」

「どうせ行く当てもない身です。少しの間なら…」

「そうか、そうか…で、名は何と申すか」

「咲…と申します」

こうして咲は福田寺へと案内された。

厳重な福田寺に招かれた咲は、案内した兵の更に上役にあたるであろう者の面前に通された。

「ふむ、その者が…」

この上役らしい男は身体も小柄ながら力強そうで、目端の効きそうな鋭い眼光を放っている。

その男は咲の一挙一動を見やった。咲は当然だと思った。この周囲の緊迫した様子からして武田の侍大将、もしくはさらに上の方がご病気なのであろう。

自分のような得体のしれぬ娘に任せられるものか…。咲はこのまま拒否され、また充てもない路上生活する自分になるであろうなどと、思案し始めた。

「まあ…問題なかろう」

意外な答えが返ってきた。咲は驚く。

「看病を頼むぞ…」と小柄な男は丁寧に頭を下げた。

「い、いえ…お侍さま…頭を下げるなど滅相も…」

咲はさらに驚く。一介の女にここまで強く頼むとは…。もはや乗りかかった舟である。世話を尽くすしかあるまい。

咲は、病人の部屋へと通された。部屋は周囲の障子を締め切っており、そこに病人は眠っていた。悪臭がし、血生臭かった。

「喀血している?」

部屋内に蔓延する血の臭いに咲は思わず声を上げる。

「ああ何度もな……見ている方も辛い」

前任の世話役をしていた一人の若い男の兵が疲れ気味に言う。

「では、粥に産みたての生卵…そして湯で体を拭きましょう」

早速、咲は提案をする。そして、

「あなた様も臭いに慣れてしまわれておるようですが、やはりこの臭いは病人の方にも毒です。部屋の空気も入れ替えましょう!」

咲はいきおい障子戸を開けた。福田寺の壮観な庭が見える。

瞬間、部屋に明かりが入り、咲は部屋の様子を振り返る。影かかっていた病人の顔が咲にも確認できた。想像より高齢で、威厳のある顔であった。だいぶ衰弱している。

――え…侍大将なんて風格じゃない…。

これはまずいと思ったのか、視線を逃がすように外に目をやる咲。そのとき、病人を乗せたであろう武田菱の入った豪勢な駕籠が目に止まる。咲はその場で固まった。

世話役の兵が立ち上がり障子戸を閉めた。

「……今後、障子戸を開けるときは我らが開けるようにしよう」

言い聞かせるよう静かに話す。

「はい…お手間をかけますが…」

やっと絞り出せた声で咲は答えた。咲の脳裏で思考が巡っていた。

――あれほど豪勢な籠と武田菱の紋…そしてこの歳めいた病人の顔…どうしよう…噂の武田の頭領だ…。

徳川勢が触れ回っていたのか、ここ田口の地でも信玄倒れるの情報は多くの者が聞いていた。

——しかも死相が出ている…もはや助かるとは思えない…。

——ならこれも何かの縁、一生懸命世話をしよう。信玄とは気付かぬ振りをすれば良い。後は野となれ山となれ、悪い事をしなければきっと生きていける…。

咲は幼いころに両親に捨てられ、その後女一人で戦乱の世を渡ってきた。意外と肝が据わっていた。

「如何した？」

「いえ、どの様にしたらご病気の方が少しでも楽になるか考えておりました」

咲はシレっと言い放った。


その後、咲はよくやってくれていた。食事も消化に良いものを選び丁寧に口に運び入れ、頻繁に汗を拭いてくれた。

面談した小柄な眼光の鋭い男、山県昌景も様子を部屋の外から見守っていた。

「……昌景殿…よろしいか？」

潜ませた声で昌景を呼ぶ者がいる。武田勝頼だ。信玄に後継として指名されている立場ではあるが、いまだに武田の重臣達には慇懃な口調で話す。

やはりまだ自身は諏訪の者という負い目を感じているのかもしれない。

「あの咲という者だが…」

福田寺の長い廊下の片隅に昌景を呼び寄せ勝頼は尋ねる。

「はっ…何か問題でも？」

「とある城から逃げてきたと聞いたが、どの城から？」

「徳川勢の城とは聞いております。ただ今の様子を見る限り問題はないかと…」

「むう…しかし…あの者、徳川の放った忍びの類でなかろうか？」

昌景は勝頼の懸念もよくわかる。信玄の危篤状態を他勢力に知られぬよう四方に目を配らねばならないのだから。

「忍び……ではございますまい」

「まことか？」

「ただ聡い者のようです…。おそらく伏している者の正体をすでに悟っているかと思います」

昌景も咲の様子は最初からよく見ている。

「下手な動きをすれば自身にどう及ぶかも知っております。そのうえで強い覚悟で看病をする者です。こういう者は信用できるかと」

「……あの真田幸隆殿に忍びの秘術を習った昌景殿の言葉だ…その人物眼…信じよう」

勝頼は「これからも頼む」という眼で昌景を見た。そして肩を軽く叩きその場を去った。

――若殿は疲れておられるな…。

巨大な武田の今後を一身に背負うことになる背中はまだ小さく感じられた。

――いや…お館様のご子息…立派な方になられる…武田の将たちが育てるのだ。

齢二十六の勝頼。聡明と誰もがたたえる若き跡継である。一方、昌景は齢四十二になっていた。

――次の世代を見守る…、そういうことを考える時なのだろうか？

少し弱気な思考をする自分に気づく昌景。お館様の対応に気疲れし続けたせいかもしれぬな、と一人ごちた。

この時、昌景は心も体も疲労困憊であることを自身も知らなかった。勝頼の自分を頼りにすると言った眼の奥に潜むもう一つの感情を察せなかったのである。

やがてやっとの事で側室の千代と弓が甲斐より到着した。二人は見事に剃髪し僧衣を纏っていた。武田の男たちは驚いた。

あの美しい黒髪の側室たちが剃髪したのである。二人の黒髪は武田の男達の憧れだった。咲も、二人にそこ迄させるほどの信玄の魅力に感嘆した。

信玄も国元から到着した愛しい二人の声に気づき気力が湧いたのか、僅かに血色がよくなったように見える。

これも咲の献身的な看病の成果だったのかもしれない。


「ご苦労であった」

昌景はお役目御免となった咲に充分なほどの金を渡した。

「咲殿、どうであろうか？　行く充て無いなら甲斐を訪れては」

「ありがとうございます。でも私はこの地で生きてきた為、この地が離れにくいのです」

「そうか…だが気が向いたらいつでも来るがよい」

「はい…お言葉ありがたく」

「今まで私の名を伏していたが咲殿なら良いだろう。私は山県昌景と申す。甲斐に来たときはこの名を出すが良い」

「ありがとうございます」

咲はその日の内に寺を出発した。


それからしばらくのち、武田の軍勢はいよいよ甲斐に向かって出発した。

朝から雨だった。相変わらず止まない雨の中、僧衣を纏った弓と千代は、交代で駕籠に乗り合わせた。

弓は信玄の好きな餅に蜂蜜を付けて（今の信玄餅）用意したが、まだまだ口に入る状態ではなかった。だが、たどたどしくではあるがなんとか聞き取れるほどの言葉を発せられるぐらいに奇跡的な回復をしていた。

昌景も少し安心し、信玄の世話を千代と弓に任せ、家来とともに行程に危険がないかを探るため馬を走らせた。

その道中である。山村で村人たちが雨中に関わらず集ってなにかをしている。

「なにをしておる」

馬上から昌景は尋ねる。村の長老らしき者がおそるおそる答えた。

「はい…昨日、旅の若い娘が賊に襲われたか、ひどい切り傷を負ってこの村に瀕死な状態で現れ、まもなく死にました。これも何かの縁かと思い、我らで弔っているところです」

昌景の心に、自身が何かひどい失態をしてしまったような衝撃が襲った。その娘の特徴を聞く。…あきらかに咲だ。

本隊に戻ろうとする昌景一行。馬上の昌景の心には暗い影が落ちていた。

——あのようなか弱き者に大量の金を渡したため、賊の目標とされたのか…。

いや考えたいことはそうではなかった。

——あの時の会話…勝頼様の…あの眼を…見誤ったのか…いや確証はない…。

それ以上を考えるわけにはいかなかった。

後に土地の者が女を憐れみ供養塔を立てたと言い伝えられている。

一行がようやく信濃国駒場（長野県阿南町辺り）に来た時だった。

信玄は突然起き上がり、布団の上で「信長が攻めてくる…態勢を整えよ」と、か細き声で叫んだ。

さきほどまで横に伏していた信玄と同じとは思えぬ姿である。

弓は急いで信玄の後ろに回り、両手で背中を支えながら信玄を横にした。

「今…どの辺りだ…」

信玄は我に返った様であった。弓は答える。

「峠を越えると尾張に御座います」

「おお尾張か…外が見たい」と信玄が言ったが、侍医は、

「長い旅ゆえ横になって進まないとお体に触ります。それにこの季節、何処へ行っても緑は同じ、今雨が強く、あたりは見えません。もう少しお休みになって雨が上がったらゆっくりご覧になった方がよろしいかと…」とごまかした。

信玄も体調の悪さを自覚しているのか、黙ってまた横に伏した。

——良かった、万が一、信濃とばれたら大変だ、外は雨で良かった。

——本当に良かった。有難う御座います。

侍医と弓は目で会話をした。

信玄の意識はしっかりしているが、あまり会話は出来なかった。

信玄は眠っていると思えば起きていて、起きていると思えば眠っていて、浅い眠りを繰り返していた。


やがて駕籠は駒場辺りを出て、少し経った時であった。その時弓は一人で付き添っていた。突然信玄は、うめき声と言葉にならない声を上げた。

そして「勝頼を呼べ…昌景を呼べ…」と弓に告げた。すぐに手配をします、と弓も信玄の耳元でささやく。

それからしばらくして、微かな声で「京へ…」とつぶやいたのを弓は聞いた。

つぶやくと信玄は喀血した。それは大量の血であった。真赤な血が弓の黒い法衣を鮮やかに虹色に染めた。やがて弓の白い腕も真っ赤になり、信玄の体温が伝わった。温かかった…。

信玄は弓の腕の中で、呼吸が詰まった様である。弓はしっかり信玄を受け止めると軽く背中を叩いた。

しかし呼吸が出来ず苦しみが続く。叩けば叩く程喀血した。やがて上を見ている信玄の目は、既に遠くを見ていた。

信玄の眼には京が視えていると弓は思った。

「お館様、お疲れ様でした。京へ着きましたよ！　武田の風林火山の旗を立てましょう」と信玄に伝える。やがてびりびりと弓の法衣の袖付が解けていき、静かな籠の中はその音だけが響き渡った。

弓の声が聞き取れた信玄は、小さく頷いて笑ったかの様に弓には見えた。

すると弓の脳裏を、信玄と初対面のあの十二年前の様子が鮮明に浮かんだ。まるでそれは昨日の様であり、遠い日の様でもあった。

何時も弓の心を見抜いていた信玄。さっきの笑みはもしや、ここを信濃と見抜いていたのでは、と弓は不安になった。

何時も弓は、信玄に心を読まれている様で気の休まる日は無かった。しかし、何と自分は信玄に大切にされた人生だっただろうと気が付いた。

静かになった。信玄は目を開いたままだった。

息が止まったのだろうか？　いやまた息を吹き返す。

お館様は強いお方だから…あまりの突然の出来事の始めと終わりに、暫く弓は呆然とした。

が、ハッと我に返った弓は「誰か、御館様が！　誰か！」と叫んだ。

重くどっしりとした駕籠が信濃の地に止まった。

一五七三年（天正元年）四月十二日、外の雨はまだまだ続くらしい。

十、設楽が原の戦い

設楽が原の戦い（長篠の戦い）の前夜、武田の軍勢は徳川勢の長篠城（現愛知県新城市長篠）を落とすべく大通寺付近に陣を敷いていた。

昌景は陣屋近くで接収した屋敷へと向かう。そこに従軍させた側室と幼い子二人を置いていた。側室の名を由加と言う。

一五七五年（天正三年）、武田家全体に大きな喪失感を与えた信玄の死から二年が経過していた。

新当主の勝頼は昌景の眼からしてもよくやっていた。一時的に東海支配の縮小を余儀なくされるかと思えた武田の勢いだが、勝頼はさらに他勢力への侵攻を強

くし、相手側を寄せつけぬ姿勢をとる。そのため、武田の領土は信玄生存の時よりわずかに支配を広げていた。しかし、

――勝頼様は焦りすぎている…。

とも思えた。武田信玄というあまりにも巨大な親を持つ子が日々苦悩しているのは、はたから見てても明白だった。

――ましてや、最近では我ら老臣の話は聞かず、若い側近の言葉だけを…。

暗い夜道を馬で進みながら暗い考えが頭をもたげたが、即様改める。

――私がこんな考えではいけないな…勝頼様も道半ばの方。じっくり話していけば良い。

自分はもう年長者側となる身である。叔父の飯富虎昌や師の真田幸隆、そして旧主の信玄は年若かった自分を優しい眼差しで見守っていたのだ。それと同じことをするだけだ。しかし、昌景にはもう一つの懸念することがあった。明日対峙する織田徳川連合軍である。この戦いに勝たねば、新しい武田を模索しようとする道も閉じる。

この時すでに小規模な戦が起き、ほぼ武田が勝利している。だが、今攻囲中の

長篠城には想定以上に苦戦している。この数日の損失が、武田にとって悪い目とならなければよいが…、と昌景は思案する。

やがて、側室のいる屋敷へと到着した。


「由加、遅くなった」

「まあ殿、このような大切な時に！」

由加は江尻城主に任じられたのち、江尻領内を見回ったときに見初めた女性である。いままでは女子二人を産んでくれていた。

正室の舞が産んだ子は全て男児だったので、昌景も舞もその女児たちの可愛さと麗しさを大切にしていた。

「大切な時に大切な人を訪ねて何が悪い…さくら達は寝たのか？」

昌景は愛おしいわが子の所在を訪ねた。すでに夜も深い。寝ていると由加に告げられる。

「湯に入ろう…酒も用意してくれ」

この近場には温泉が湧いていた。由加は侍女たちにテキパキと指示をした。

「ふぅ〜…」

湯につかりながら、夜空を見上げた。昌景の心は焦っていた。

月は曇っていて、やがて黒い雲は静かに月を隠した。

「雨になりそうだ…しかし降らぬのだろうか…織田は大量の鉄砲を用意している…」

すでに戦さの在り方は変わりつつあった。刀や槍、騎馬で相手を駆逐する従来のやり方は今でも十分通用するが、鉄砲という南蛮からもたらされた兵器は、目視できず撃ちだされる鉛弾とそのけたたましい音で兵の士気を大いに左右させる。ましてや織田勢はその大量運用を柔軟にこなしていると聞く。

「発砲には時を必要とする…そこを！」

昌景の騎馬隊で蹂躙しようというのだ。並大抵にできることではない。ただ昌景の赤備え隊の練度なら可能だ。昌景はそう自負していた。

昌景は明日の事で頭が一杯になりながら、やがてサラサラと優しく温かい湯に微睡んだ…が、暗い闇夜に虫の音が止んだ。

「殺気！」

多くの戦いを切り抜けてきた昌景に野生の感が闇夜に冴えた。

昌景はやがて静かに目を開けたと同時である、暗い闇夜に真赤な長襦袢が舞い上がり昌景の顔を覆った。

「由加か！　何をふざけておる」

昌景は大声で叫んだが声にならない。由加の真っ赤な長襦袢は濡れていてしっかり顔に張り付いた。

「しまった！」

心の叫びと同時に由加は昌景の身体に飛び乗り、昌景の喉には銀の簪（かんざし）がぴったりと当たっていた。

……由加は静かに長襦袢を引いた。闇夜に由加の裸体は悲しく青白い…。

「私は織田側の忍びです」

「知っておる…」

由加の突然の告白に、さも当然とばかりに昌景は静かに言う。

「愛する由加の手にかかって死ぬのも良かろう…だが私には勝頼様がいる、部下たちがいる…その者たちを残して死ぬわけにいかん」

幼少より忍びの技も習っていた昌景である。すでに由加の簪を持つ手を抑えきっていた。

「やはりご存じだったのですね…」

由加はすでに諦めたのか腕の力を抜いた。いや最初から昌景を討つ気ははなかったのかもしれない。

「ああ…其方が来て我が方の情報が漏れることがあった。それゆえ、お主には些細なことしか話しておらぬよ」

これも真田の忍びの秘術で培った人物眼である。

「はい…そのため、忍びとしての私の立場は危ういございました。なにせ全く成果を上げられぬのですから…」

由加は苦笑まじりに言う。

「なぜ私のもとを離れなかった？　攻略できぬ将の側にいても意味がなかろう」

「昌景様…私は天涯孤独の身でありました。そこに忍びの者に拾われ、様々な鍛錬をこの身に受けてきました。そして武田の将を誑かす密命を受け、江尻に潜入し、運良くあなた様に見初められたのです」

「……」昌景は由加の告白を黙って聞いていた。

「忍びとしての私は躍起でした。武田の将を腑抜けにさえすれば報酬はもとより地位も約束されています」

「そんな打算的な女だったのです、孤独のまま成長した私の本性は…。しかし…貴方はそんな私に真摯に接し、まるで会ったこともない父親のように優しかったのです。そして女として、母としての喜びを与えてくれました…」

「……そうか…そうであったか」

由加の告白にうなづく昌景。

「由加、お前を愛している。敵方の忍びであろうともな。そしてかわいい女子を二人も産んでくれた。私もお主らとの暮らしは幸せだったのだ」

昌景は強く由加を抱きしめた。由加も答えるように抱きしめ返す。熱く抱擁し合いながら由加は耳元に囁いた。

「………織田は、明日武田勢を完膚なきまで叩くつもりです」

「…そうであろうな」

「昨日、織田の忍びから接触があり、下忍には詳細は伝えられぬが必勝の構えを織田は敷いていると告げられました」

「是非もなし、であるな…その者は、武田側にいると虐殺の対象となるからお主に戻って来いと告げてきたのだな」

「はい…手土産さえ持ってくれば今までの失態を不問にすると」

「手土産…わたしの首か」

昌景は自分の首に水平に手を打ち据え不敵に笑う。

「しかし私には昌景様を狙うことなど……それゆえ、織田の忍びであることを告白し、昌景様自らの手で討たれようと考えたのです」

「できるわけがない…お前を討つことなど…」

昌景はさらに力強く抱きしめる。

「…接触してきた者が口を漏らしました。織田軍勢の雑兵たち全てに伊勢より木材を持たせこの地に集わせているとのことです」

「伊勢より木材…」昌景は考えた。おそらく防護壁となる柵を作るつもりであろう。野戦場で陣地を築くのは当然のことである。

　昌景もそれを打ち破るぐらいは元から想定していた。だが、織田という大軍の全ての雑兵に木材を持たせるのは、さすがに過多な量である。

「まさか！」と昌景はある考えが浮かぶ。

「信長め…我が武田兵の有利を奪うか」とつぶやく。仮に信長の考えが自分の想像通りなら武田の軍勢は危うい。

　由加が昌景の眼をみる。其の眼は愁いを帯びている。

「安心しろ由加…私は死なぬ…武田の軍勢も私が守る」と力強く昌景が言う。

「だが万が一、私が戦死し、武田の兵も危うくなったとき、お主はさくら達を連れて逃げよ！」

　その声には悲壮な決意がこもっていた。

「昌満、昌久（正妻の子：長男・次男）は明日戦さに連れていく。他の子は江尻城にいる舞に任せれば良い」

「しかし…」

「僅かながらに山県の手の者も付けよう。嫁入りの一行として逃げるがよい」

「何処へと？」

「笛吹川渓流の地にある七つの湯の館を訪ねるが良い。亡き信玄公より下賜された温泉場だ。そこに私の知己らが控えている。その者らの手配で武蔵の国を目指し雁坂の峠を越えるのだ…」

「武蔵の国…そんな遠くに…」

「秩父という地には武田の忍びも多く潜入している。それを頼ると良い」

道中必要だろうと砂金を充分渡すことも告げる。

「その先には鉢形の城がある。北条勢の城だが、今は盟を結んでいる。そこに潜むのも良いだろう」

「うう…」と由加も泣き声を漏らす。由加も判っていた。昌景の行く末を…。

「この戦が終わり、無事私も甲斐へ戻れたら七つの湯で暮らそうぞ」

「はい、武蔵の国でさくら達を守り、きっと甲斐へと戻ります…」

空約束であろうことは二人とも知っていた。二人は湯の中で抱きあい再び見つめ合う。

しばらくし、昌景は「戦の前に部下の者たちを労わらなくてな…」と告げ、湯を出た。

赤く塗られた鎧を装着し、合戦に赴く装いとなる。自分の馬の前に立つ昌景。二人とも名残惜しさにもはや言葉も出なかったが、由加が別れ際に尋ねた。

「なぜ私を見初めていただけたのでしょうか」

馬に乗りつけた昌景は、珍しく顔を赤らめた。

「十過ぎの頃に生き別れた母にどこか似ていたのかもしれぬな…」

そう恥ずかし気に言い、即様馬を疾駆させた。


昌景は戦場を見渡していた。

暑かった。心も身体も火照っていた。やがてポツリと雨雲が湧いた。ほんのわずかの冷たい雨が昌景の顔を濡らした。しかし無情にも雨は間もなく止んだ。

早朝にも関わらず設楽が原の陣は鳥獣を寄せつけぬほど兵たちの声で喧騒としていた。

「やはり信長…武田の馬を殺すか…」

由加に木材の件を聞き、昌景の脳内に描かれた戦場。それが目前で再現されている。

織田勢は鉄砲隊の柵と馬除けを構築していた。それも野戦における急ごしらえの防護柵とは思えない。まるでそこに古くから城があったかのようである。

「これも織田の人海戦術のなせる術か…」

信長の発想は新しかった。しかも低い丘陵地とそこに数本も走る小川という地形を巧みに利用している。眼前の柵の奥には、丘によって見えぬ柵が二重にも三重にも同じように張られていることだろう。

これを可能とした織田側の財力も凄かった。甲斐の砂金で潤った武田と同様か、それ以上の資金がなければ無理であろう。

「ひとつの柵を突破できたとして敵の本陣はまだ遠かろうな」

昌景はうなった。二つ目の柵を突破しようにも織田が誇る大量の鉄砲が武田を迎える。

「死地…か」

そうつぶやきながら、先ほどの武田重臣たちとの軍評定を思い出していた。

「我らが負けると！」

勝頼は立ち上がり激高した。昌景は信長の布陣の全貌を勝頼や重臣たちの前で話していた。一通り説明ののち一時撤退を勝頼に進言する。そのためこの度の戦を必勝であると踏んでいた勝頼はいま地団駄を踏んだのである。

評定の場に動揺が走る。なかには独自の情報網で昌景と同じように織田の動静を掴んでいた者もいるのだろう。昌景と同調する者もいた。

「ならぬならぬ！　ここで下がれば武田の威名はどうなる！」

勝頼は吠え、後ろにあった盆長の上にドカっと座った。親指の爪を噛みしめ、

「私は先代の名声を地に堕とすわけにいかないのだ…いかないのだ…」

と評定中にも関わらずブツブツ言い始める。

――進言すれば、こうなることはわかっていた。

昌景は思った。勝頼を責めているわけではない。事実ここで武田が一時撤退をすればこの東海地方の支配は遠くなるであろう。すでに天下統一を目前にしつつある織田の勢いに対し、東海を失うのは武田にとって致命的な痛手である。あと

は更に勢いを増した織田にジワジワとその領土を侵食されていくだけだ。「ジリ貧」である。

——どこからであろうか…我らが高天神城を奪取したとき…いやそれとも信玄公が亡くなられた時から？

恐るべきは信長の天魔ともいえる人間離れした長期的な戦略眼だ。いつの間にか武田が生存する選択肢をすべてつぶされていたのである。その巧みさは全盛期の信玄公にも匹敵するだろうと昌景は信長を畏れた。昌景は天を仰ぐ。

「お館様…失礼をしました。我ら武田に後退はありません」

昌景は撤退の進言を取り消す。評定の誰もが昌景と勝頼のやり取りを固唾をのんで見守っていた。

「老いた身が織田を恐れていました。ここは当初の予定通り織田をこの決戦で蹴散らしましょう」

「おお！　昌景！　そう言ってくれるか」

今まで伏し目がちに思案していた勝頼の表情が途端に明るくなる。まだ若き面影を残す勝頼の肩は武田を背負うにはあまりにか細かった。

――信玄公も幾たびかの敗戦を経て強くなられた…これを糧に…。

と昌景は思う。だが、この度の大戦はあまりにも規模が違っていた。武田の趨勢を立ち直れぬほど極端に決めてしまうものだろう。昌景は一息ついたのち、改めて勝頼を見据えて「ただし!」と強い口調で言った。

「もし我ら先鋒隊がことごとく敗れ、旗色悪くなったときは素早く後退なされよ」と告げる。

「我ら武田はお館様があってこその武田です。ゆめゆめ忘れなきよう」

勝頼もコクリとうなづく。昌景は戦友である老臣たちを見渡す。みな昌景を見ている。その眼は決意を秘めた強い眼であった。

――みな同じ覚悟か…。

昌景は頼もしく感じた。勝頼もその忠臣たちの意図を察し、先ほどの焦燥した顔を潜めさせ大将としての顔になるよう努めた。

「頼むぞ!」と勝頼は発し、「応!」と家臣たちは力強く応えた。評定はここに終わった。

重臣たちはそれぞれの持ち場に付くべく評定の場を去っていく。昌景は勝頼の

側に寄り、

「広く満遍なく家臣の言葉をお聞きなされ。さすればお館様は先代信玄公にも負けぬお方になられます。武田も決して負けません」

と告げた。勝頼は真剣なまなざしで昌景の言葉にうなづくのであった。

法螺貝が鳴り、昌景はハっとする。ついに戦さが始まるのである。皆に腰のにぎり飯と水を飲ませる。

「敵の様子は？」

横に控えている山県家の側近に聞く。

「雨が止み、霧で何も見えません」

昌景は息を大きく吸い、

「みな聞いてくれ！」

齢四十五とは思えぬ、大きな声である。山県の隊全員が規律よく昌景の馬上の姿に注目をする。

「敵の情報が耳に入った。霧が晴れたら驚くであろう。織田は何重にも柵を組んでいる！」

昌景の言葉に隊はざわついた。

「我らの馬を避ける為か！」「如何したら良いのだ！」

みな口に出していた。

「落ち着け！」

昌景は皆の動揺を意に介さず叫んだ。

「さらにその柵の奥には織田の鉄砲が大量に待ち構えているだろう」

昌景の言葉に従い、隊の者はみな押し黙って聞いていた。

「我らがすべきことは一つ。かまわず馬で駆け付け、柵を倒す。馬がやられても、だ！　織田の本陣に切り込み信長めを我ら山県勢の手で討ち取るのだ」

「はッ！」

声が一丸となって返される。

「よし！　わたしの合図とともに突撃となる。それまで待機だ」

緊張が周囲を支配する。みな顔色が普通でなかった。だが昌景だけは平然とした顔であった。側近がたまらず昌景に問いかける。

「殿は死を恐れてないのでしょうか」

「死を恐れる？　何を言う。わたしも普通に死を恐れる。だが戦さで相手へ突撃することこそ武田の花よ！」とニヤリと笑う。

「まあ妻に叱られることの方が恐れ多いがな」

と豪快に言い放ち笑う。周りの者もつられて笑ってしまった。

「わたしが一番に飛び出す。わたしが先駆けをして武田の戦い方の手本を見せよう…。そして皆で一団となって飛び出し柵を倒すのだ。全ての柵さえ倒せば我らの勝ちだ！」

家臣たちに周知を徹底させる。

「良いか間もなく霧が晴れる。その時は怖気づくな…。例え死んでも信玄様に会いに行くだけだ。手土産は信長の首だ！　良いな、怖気づくな。武田としての誇りを決して忘れるな！」

皆黙って聞いていた。

山県隊はいまやいまやと昌景の合図を待った。

やがて戦場に法螺貝が鳴り響き、静かに霧が流れていった。昌景は戦場全体に響き渡るような声で「かかれ！」と放った。

昌景を先頭として、山県の者たちが一斉に織田の柵へ向かう。

一番槍を持った昌景に、やがて霧の雫がキラキラ輝き始めた。

「あれは誰だ！」

丘の物見台の上から戦場を見下ろしていた信長は側近の者に低い声で尋ねた。

赤く染まった一群が織田の防御陣を苛烈に攻めている。なかでも先駆けとしていまだ馬を駆り続ける者の動きは目を見張るものであった。

「赤備え…桔梗の旗…武田でも名高き山県昌景の手勢かと」

南蛮渡来の遠眼鏡で確認する側近は答えた。

柵により行く道を遮られ、周囲から弓矢に射られ、さらには鉄砲の銃弾の雨にさらされていたが、赤い一団はそれでも奮闘していた。

対峙していた織田の軍勢はその姿らに恐怖し始めていた。敵前から逃亡する兵も出そうな勢いである。織田側の一部では混乱が広まっていた。

「……」

信長はその姿を黙ってみていた。信長の側近たちは武田の山県隊を止められぬ失態を咎められるかと恐怖して固唾をのんだ。

相変わらず銃声が鳴り響く。織田側の鉄砲隊は三列を為していた。一列目が一斉に銃弾を放ち、その後二列目が…、をひたすら繰り返す絶え間ない鉛弾の雨。

織田側の者でさえ、その響く音に身体が硬直する思いであった。だが、武田の軍勢には全く意に介せず歩を進める者たちが武田には数多にいた。

——柵…倒せる…もう少しで！

昌景は一つ目の柵を倒した。そして昌景はそのさらに奥の柵の破壊を試みるべく、再度突撃命令を出そうとする。

その時である。昌景は眉間に鈍い衝撃が走ったのを感じた。

——撃たれてしまったか…。

昌景は刹那の際で自分に何が起きたかを理解した。自身を乗せた馬は不思議な事にくるくる廻り出した。そして昌景は、しっかり目を開け手綱を持って槍の穂先をある方へと向けた。

昌景からは丘が障害物となり遠く見えぬであろう物見台の信長を、穂先はしっかり指していたのである。

「……ッ！」

信長は背筋にゾクっとするものを感じた。

「見事である」

そう一言だけ発した信長の視線は昌景に集中していた。その武田の赤鎧の将は、馬上より崩れ、戦場の地に倒れた。その姿はまさに一輪の赤い華が可憐に散るかのようであった。

先駆けを失い赤い一団の動きは止まった。ここぞとばかりにまた数え切れぬ銃弾が放たれる。けたたましい銃声が鳴り終えるころ、もはや動ける者はいなかった。わずかに生き延びている者もいたが、地面に伏し瀕死の様相である。

「山県の勢いもこれで終わりましたな…」

側近は安堵ともとれぬ声で信長に語り掛ける。信長はいまだその戦場を眺めていた。

しばらくして、倒れた昌景に駆け寄る者がいた。山県の者のようである。昌景の生死を確認したのち、自身の主を首だけでも甲斐の地に返そうと、健気に首級を獲ろうとしている。

「撃たせるな」

信長は側近にボソリという。聞き間違いか、とばかりに側近は「は？」と問い直した。

「良いな！　あの男を撃つな！　見逃せ！」

と怒号を浴びせた。側近は身が縮まる思いで即様前線に伝令を出す。果たしてその伝令が間に合ったのか、その者は誰にも追われず、武田の本陣の方へ向かい必死の態で駆けて行った。この生存者の名は志村又左衛門と言った。

昌景はどこやも知れぬ場所を彷徨っていた。暗さだけが目前に広がる。だが妙に暖かい心地がした。

やがて昌景に誰かが声をかけた。

「昌景殿。ご苦労でござった」

真田幸隆である。幸隆は設楽が原の前年、齢六十二で亡くなっていた。

「幸隆殿。お久しぶりでございます」

すでに死した幸隆の出現に昌景はここが何であるかを理解した。

「源四郎、お前だけに苦労をかけてしまったな」

自分を幼名で呼ぶのは飯富虎昌であった。

「いえ叔父上。懸命に働きましたが、結局武田はこの先…」

と叔父に詫びる。

「良いのだ昌景。盛者必衰は世の常である。あとは勝頼に任せよう」

と懐かしい声で慰めの言葉をかけられた。信玄であった。

「お館様…申し訳ありません…信長の首も獲れず…」

昌景は感涙にむせび泣きそうになった。それを誤魔化すように三人に、

「そうですな。勝頼様は勝頼様で聡明なお方。きっと…！」と語った。

「勝頼様にも優秀な側近がおられます。そうそう…幸隆殿のご三男昌幸殿も負けず劣らず知恵者です」

と昌景は続ける。

「ハハ…武勇の長男次男は戦死、知恵の三男昌幸だけが生き残ったか…あいつは意外と長生きしそうではあるな」

幸隆は皮肉めかして笑う。

「これは失礼をしました」と昌景は思わず詫びた。四人は共に笑った。

「では源四郎…行こうではないか」

「はい叔父上」

三人のあとを昌景は付いていく。

「昌景、お主のような家臣がいてわしは果報者だ。武田の為に良う働いてくれた」と信玄は昌景に労いの言葉をかけた。


武田軍対織田軍の一五七五年五月三日、三河長篠城外の設楽が原の戦い。

織田馬防柵を築き、鉄砲三千丁、兵力三万八千人。対する武田一万五千人、先方山県昌景の死を幕開けに、武田の重臣の多くが戦死する。

武田の総領勝頼は危うく難を逃れ甲斐へと戻る。この地獄の激戦はわずか十時間で終わった。

時は流れた。

一六一五年（元和元年）、齢七十にもなろう弓は老骨に鞭をうちながら甲斐の道を歩いていた。

設楽が原の戦い後、武田家の運命は激動であった。結果を先に言うと設楽が原の七年後、武田は滅亡する。

しかし勝頼はよく奮闘をした。各方面に勢力をすさまじい勢いで伸ばす織田に対して、勝頼は甲斐信濃の領土をよく守ったのである。

また家臣たちの意見もよく聞きいれ、新旧両方を取りもつ改革も果たそうとした。「武田信玄の跡を継いだ勝頼」から脱皮し、「武田勝頼」そのひとの武名を轟かせ始めていた。

だがすでに情勢は決していた。一五八二年（天正十年）、ついに甲斐信濃に織田の本格的侵略を許し、そこから一気に崩れたのである。

しかし、その織田のその後も激動であった。わずか数か月ののち、天下統一を目前にした信長は配下の明智光秀の反逆に会い、本能寺で討たれる。

その明智も、同じ織田家配下の羽柴秀吉に即様に討たれる。戦乱の世は、羽柴の天下となりひとまず平穏に治まったのである。

「でも…まさかあれから竹千代様（徳川家康）が天下を取ろうとは…」

路傍の石に腰を下ろし休息をとりながら、弓は思った。

羽柴の天下も長くはなかった。秀吉の後継をめぐる政争の果て、天下はまた二つに分かれた。そして片側の徳川が関ケ原にて勝利を収める。

「お館様たちもこれを知ったら、どう思うか」

弓はフフっと笑う。滅亡後の武田はみな散り散りになったが、あれから弓は生き抜いていた。もはや多くの者が亡くなり弓は寂しく思う。

しかし生きているからこそ見れるものがある。

「そうそう、武田の遺臣たちも元気でやっておられますよ…」

とつぶやいた。

設楽が原の戦いは今でも人々の語り草である。織田の防御を打ち破るための武田家臣の奮闘。討ち死にした真田家兄弟、土屋、原…枚挙にいとまなかった。

この戦いは講談にもなっていた。そのなかでも「山県昌景」の一騎駆けは有名である。

赤備えと言われる鎧をきた一団が織田家に果敢に立ち向かい潔く散りゆくさまに誰もが夢中になった。弓もその講談を聞き、年甲斐もなく飛び回りそうにうれしくなった。

その講談のおかげかわからないが、徳川の世になっても武田の遺臣たちは徳川諸大名はもとより各地からも仕官を求められていた。日本各地に武田の遺臣が生きていた。

「信玄公、昌景殿…貴方様がたの戦いは決して無駄ではありませんでしたよ」

と弓は太陽に向かい拝みながら言う。武田の武勇は今でも轟いているのである。

「さてと…では出発しますか」

自身の死期を弓も悟っていた。これが最期に…、と懐かしがるように甲斐の地をゆっくりと旅をしていた。

そういえば、笛吹川上流の温泉場で働く女性とその娘はどこかで見たことあるような…。弓は思い耽る。
——あそこは昌景殿のご領地でしたかな…。
いろいろ昔を思い出しながら歩き出す弓。
まだ寒さが残る春先のことであった。だがこの平穏な季節が長く訪れそうな、
そんな予感がしていた。

（完）

設楽が原の戦いで昌景は壮絶なしかし立派な死を遂げた。

馬上で眉間に弾は当たっているのに目は敵を見据え、手はしっかり手綱を握っていたと言う。

敵は桔梗の旗から昌景本人と知ると其の場で首を落とす。

しかし五千人の家来の一人が首を目掛けて飛出し、見事首を桔梗の旗に包み逃げ帰ってきた。

これが志村又左衛門（あの志村けんの祖先）である。また昌景は長男を設楽が原に連れて行っている。

父親の死を知った長男は「父上！」と呼ぶと其の場で口に刀を咥え落馬したと言う　昌景の後を追ったのである。

二十七歳と言う若さだった。壮絶な父の死を目の辺りにした長男は、自分も壮絶に父の後を追った。

私はこのことから山県昌景は、家族を大切にした家庭的な武将だったと思う。

勿論家来も大切にしたから家来

は、命がけで昌景の首を奪い取ってきたのだろう。
そして昌景の子孫は立派に山県館を令和に守り、昌景の功績を今に伝えている。
私はこれからも微力ながら山県館の繁栄を祈ってやまない。

長篠に白き
朝霧立ち込めて
法螺貝響き
静かに流る

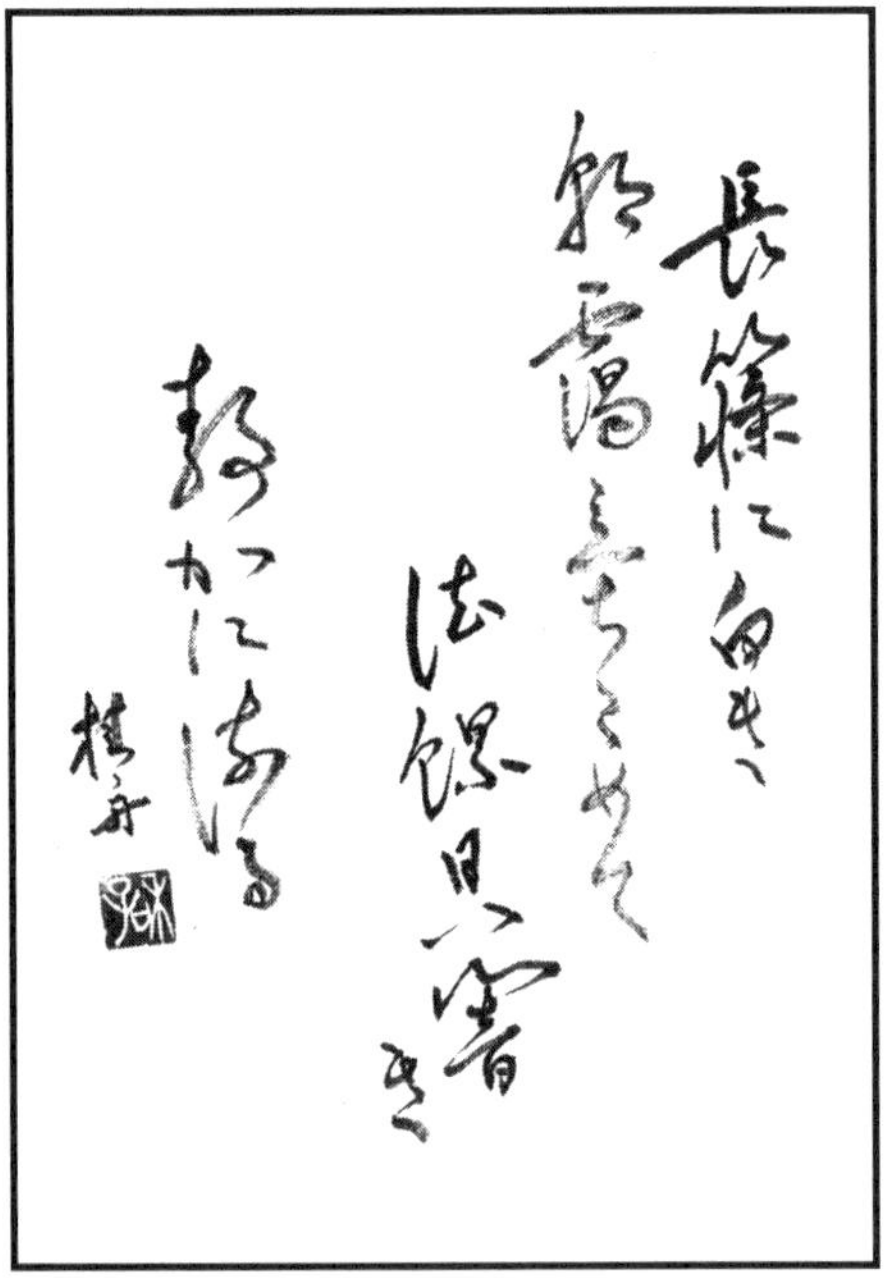

武田余話壱

真理姫

信玄三女に真理姫がいる。

この姫は木曽義仲の後身木曽義昌に嫁いでいる。あくまで人質交換の様なもので、木曽家からも武田家の竹田高正に義昌の妹が嫁いでいる。

静岡県細江町気賀の図書館にあった「郷土の古文書=武田家系譜」によると、

竹田高正
　父　高基
　妻　木曽義昌（妹）
　母　村上義清姉　後妻　山村修理（妹）

と書かれている。

私の先祖母方は武田姓で、埼玉県児玉町の役場で戸籍を見ると、天保十二年の竹田久吉（上里町）、亡父嘉兵衛（静岡県細江町まで出た）、そして細江町では竹田高正にぶつかる。この竹田高正が誰だか分らない。

ほとんど歴史には登場してこないが、気賀の城で徳川家康に攻められ長男と切腹、木曽義昌の妹で高正の妻は、末子乙若丸を連れて木曽家に逃げたらしい。

私の母が「可笑しいな？　何故家紋が木曽家の家紋なんだろう？」と、生前語っていたのを思い出す。

さて、竹田高正とは誰だろう…と思うが、城を構えていたので、信玄の弟で討ち死に、早死にをしたのではないだろうか。

武田ではなく竹田も気になる。

武田信玄四男、武田を終わりにしたあの勝頼も竹田勝頼と目にしたことがある。ここは推測で申し訳ないが、側室の子は武田ではなく竹田を名乗ったのかも知れない。

平成十五年の夏、真理姫の墓を探して木曽を旅した。山また山とやはり木曽路は草深かった。村人に尋ねると、上村家が真理姫の墓を守っていると言う。

上村家を訪ねて墓に辿り着いた。真理姫の住居跡は表札が上村になっている。庭には見事な竹清水があり手を触れると心地よい冷たさだった。真理姫にも命の水であったのだろう。

信玄三女真理姫は、六歳という年齢で木曽義昌に嫁いでいる。少し痛々しい気がするが、当時は結婚と言うよりやはり人質交換だった様である。木曽義昌本人もやはり子供の頃武田家に人質に上がっている。年頃になってから婚儀を交わす様である。

当時武田家からは、何百人かが真理姫を守りながら移動し、そのまま木曽家に仕官したのだろう。もちろん戦になれば木曽家の一員として働くため、木曽家の一画に武田の屋敷を作り生活するのである。

この中に上村氏が居た。上村は本書山県昌景の妻・舞の正室の旧姓である。どうやらその弟と思われる。ちなみに昌景の正室は、五人の男の子を生んでいる。この上村氏は、真理姫が六歳で木曾に行く時には十八歳だったと思われる。生涯真理姫を守った様だ。

真理姫は信玄死後、織田に付いた夫に怒り、末子を連れて木曽に身を隠したという。夫に裏切られ、勝頼にも自害され、行き場のない真理姫は、木曽の山奥でひっそり暮らし、何と九十七歳迄生きた様である。上村一族も真理姫と余生を木曽で暮らした。


上村家の敷地にある真理姫の墓は、私の身長（一六二センチ）程ある大きな白い大手毬にひっそりと守られていた。

この日木曽路の夏は、何処までも静かで緑が美しかった。


少し当時の様子を紐解こう。

一五七三年（天正元年）五十三歳で信玄公が亡くなると、一五七五年（天正三年）設楽が原の戦いに突入し、昌景は壮絶で立派な最期を迎える。

一五八三年（天正三年）、信長・家康は武田征伐を開始する。

信長は手始めに木曽家を調略する。木曽家に、静かに木曽口を開く事を要求したのである。

やがて木曽義昌はそれに応じた。木曽家存続の為仕方ないことであった。その後、もちろん織田軍は木曽に流れ込む。

しかし武田の血を引く真理姫は激怒し、いち早く勝頼に知らせた。真理姫は毎日、夫と対立していた。

甲斐の武田本家には真理姫が産んだ嫡男義利と義母が人質に上がっている。

「我が子と義母上を諦めろと申されるのですか！」

夫の義昌に食いかかる真理姫。

「仕方無い、この屋敷に火をかけると信長が言っている…我々夫婦は火の中で磔だ！」

「自分が助かれば母も子も死んでも良いのですか？」

「仕方が無いではないか…援軍を頼めぬ状況では我々は命乞いをするしかない。勝頼様もわかってくれよう」

「木曾口は武田の関所でもあるのですよ！　織田軍が無条件に入り込むことになります」

夫の煮え切らぬ態度に真理姫は理路整然と言い放つ。

「武田本家がそれをお許しすると思いですか！」

「甲府にいる人質の母上達だって火をかけられます」

「それでも私たちは織田軍を通すのですか？」

義昌も我慢しきれず反撃をした。

「では如何するのだ！」

「戦うのです。戦って時間を稼ぐのです。武田が助けに来てくれます」

「戦う？　織田と戦うだと…武田が助けに来るものか！　今の武田本家にそんな余裕はない」

事実であった。設楽が原の大敗退ののち、勝頼も甲斐信濃のみを支配範囲に定め、手堅く治世を行ない半ば再興の道を辿ってはいる。

だがすでに趨勢は決していた。織田という大水は木曽の堰止めを越え、一気に甲斐信濃にあふれ出ようとしていた。

堂々巡りである。義昌と真理姫は、大声で怒鳴り合うばかりだった。

そこに上村が割って入った。

「恐れながら姫様…」

「冷静になれと言いたいのでしょうが無理です…主の義昌は武田を裏切り織田に付いたのです…冷静になれません」

と声を上げる真理姫に上村は淡々と話した。

「いいえ、姫様、義昌様、もっと大声で怒鳴りあって下さい」

「何と！」

夫婦二人同時に声を出していた。

「信長は木曽家は許しても、武田家の血筋は許しません。姫様も信玄公三女…誅されます」

「では如何すれば良いのですか…怒鳴れば殺されないとでも？」

「姫様落ち着きなされ…貴方様は多くの戦いを挑んできたあの信玄公のご三女です」

ピシャリと言い放つ。真理姫も長年仕えてくれた臣下の言葉に耳を傾ける。

「私は姫様が齢六の頃にここ木曽の地に来ました。亡き信玄様と義兄・昌景様に約束をして甲斐をあとにしました。死んでも姫様を守ると」

その決意は今も目に宿る力強さが物語っていた。

「できるだけ大声で喧嘩をし、ご夫婦の仲が嫌悪なものと知れ渡らせましょう。そして姫様は離縁され木曽家から出るのです」

身の回りをまとめ次第、武田の者も同行し出発させる手筈だと上村は言う。

「なるほど！　離縁は辛いが真理が信長に殺されるよりましだ！」

夫の義昌は喜ぶ。だが行く当てはあるのだろうか。上村は続ける。

「木曽の山奥に小さな隠れ集落を探し出しております。水が豊富で土も良い。食糧には不自由しません」

「姫様は行き先も告げず少しの供を付け甲斐に戻ったと内外問わず流言しておきます」

「私も後から行きます」

「後から？」

淡々と話し続ける上村の言葉を黙って聞いていた真理姫だが、ここには疑問を呈した。

「はい、私とてご嫡男義利様と義母様を諦めるわけには参りません」

「私はまず早馬で甲斐に行って勝頼様のもとを訪ねます…真理姫様は夫と夫婦別れをして下の子を連れ逃げたと伝えるために」

「木曽家と離縁してまで武田本家に織田来襲の知らせた姫様に免じて、母上様と義利様をお返し頂けないかとお頼み致します」

「そしてきっと木曽山中の隠れ集落にお連れします……」

「忝い、そんな事が出来るでしょうか？」

「やってみなければ分かりません…しかしそれしか方法がありません」

「わかりました。私も腹をくくります…しかし流石、父上が信頼した山県昌景の身内です」

と真理姫がほめたたえた。

「そうと決まれば早速動きましょう…義昌様は様子を見ながらしばらく織田で働いて下さい。世が落ち着いたら、真理姫様とご再縁を…どうぞご辛抱を…」

「おぬしに任せるぞ」

義昌は愛する妻と子どもたちをこの者に委ねた。

「のちのち木曽山中でお会いしましょう…その時は上村の名をお尋ねください」

「分かった、上村家を探す。真理姫を頼む…流石誉れ高き武田の者だ！」

義昌は木曽口を開けた。織田軍が木曽に流れ込んだのは言うまでも無い。

やがて義昌は、天下をとった徳川家の命によって木曾の地を没収され、千葉に国替えをされた。


千葉県柏市のお寺に真理姫の五輪塔がある。息子が建てたという。

木曽の上村家にも真理姫の五輪塔がある。信長が亡くなったのち真理姫が千葉に行ったかは良く分かっていない。

私は、木曽の真理姫五輪塔に、

「四百年過ぎた今は戦いはありません。武田家の躑躅が崎の館跡は立派な神社となり沢山の参拝客が訪れます」

と手を合わせた。

信玄公三女の真理姫は、僅か六歳にして木曽家に上がる。人質の様なもので、やがて年頃のなって義昌に嫁ぐ。

義昌も幼い頃、武田に人質で居た様である。

この時代ならではの生活であるが、六歳で木曽家に上がった真理姫は、どんなに苦労した事であろう。親に甘える事も出来ず、嫁ぎ先で教育を受けるのである。

そして父信玄公が亡くなると、夫義昌は信長に付く。この時の真理姫の気持ちを思うと心が痛む。

しかしこの時、真理姫は勝気にも夫の裏切りを勝頼に知らせている。

やがて真理姫は末子を連れて木曽山中に身を隠す。

ひっそりと木曽山中で暮らす真理姫は、上村作右衛門に守られるが、上村姓は昌景の正室の旧姓である。

武田にいた上村夫婦は、真理姫の守り役だったようである。

木曽の地にある真理姫の墓所

木曽山中の上村家は、今尚真理姫の墓をひっそり守っている。

庭には見事な竹清流が滾々と流れている。当時真理姫達の命の源であった流れにそっと手をやると、まるで真理姫の悲しみが伝わるかのように冷たかった。

尚、真理姫は、九十八歳でこの地木曽で絶えたと言う。

木曽の山
真理姫眠る
その墓を
静かに守る
白き大手鞠

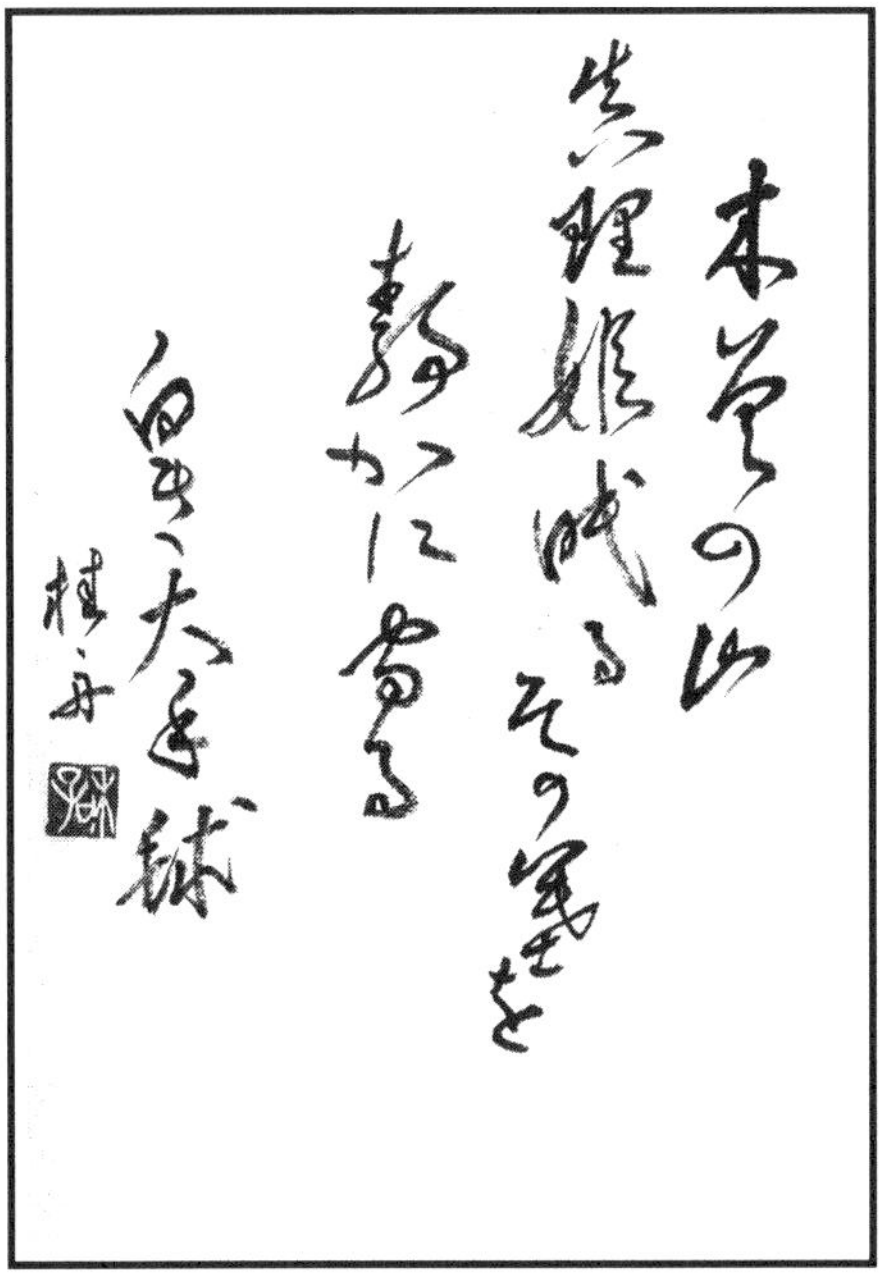

武田余話弐

秋山信友

武田の一将・秋山信友と言えば、譜代家臣として古くから信玄のもとで励み、山県昌景とともに武田二十四将にも数えられている。

また、夫婦で信玄四女・松姫の守役をした。

一五七二年（元亀三年）の信玄上洛の時、昌景と共に先鋒隊として出発し、信濃を経て徳川の東三河に侵入した昌景に対し、信友は織田の美濃に侵入した。

この時、信長は北近江に勢力を張る浅井・朝倉と直接対峙となり、まったく動けなかった。この秋山信友は、ほぼ無血で美濃・岩村城を落としたと言う。

この物語は、その信友の東美濃侵攻の少し前から始まる。

武田家総出で上洛準備がおこなわれ、騒然としている甲斐の国。そのなか昌景は信友の屋敷を訪ねた。

「信友殿、少し話があります」

信友は昌景より僅かに年上である。昌景は信友を世代の近い兄のように慕っていた。

「いよいよ出陣の準備で大わらわだ。正直寝る暇もない。其方も先鋒隊だ、忙しかろう」

信友にとっても同じ武田で活躍する昌景とは気の置けない仲である。多忙な身であるが時間を割いて話をしたかった。

「いえ…先鋒といっても、奥三河の地まで秋山隊とともに進軍となります。背後を気にせず進めます」

「こちらも其方となら安心して歩を進められる」

武田上洛の先鋒として二人の軍は奥三河まで進攻する予定である。そして昌景はそのまま信玄本隊と合流し東海地方平定に勤める。信友はそこから東美濃へと独立部隊として進むのである。

「で、話とは？」

「いや…少し…実際にはお館様から直接お話があるのですが…」

普段は明快そのものの昌景が妙に言いよどんだ。信友はもどかしく聞きただす。

「だから何だ？」

「信友殿の身辺のことです。ご夫婦は睦まじい。しかし子も側室もいない。お館様が信友殿に側室を…と仰っています」

「側室？　この出陣前にお館様は何を仰る？　ふむ…」

信友は少し思案する。

「人質…政略…か？」

「流石です」

昌景は信友の戦略眼を純粋に称賛した。だからこそ信玄も信友に東美濃進攻を任せられるのである。

「で、どこの城ぞ？　真っ先に障害となる東美濃の城、岩村城か？」

岩村城は鎌倉時代より代々遠山氏が治めている古くからの要衝である。ここは信友が以前にも進攻しているが、織田家とせめぎ合いを重ねた城でもあった。

「はい、お館様はあの女城主を信友殿が娶れと」

「あの女城主をか！」

あの女城主とは織田信長の伯母にあたる女性で、城主の遠山景任に嫁いでいる。が、景任が子も成せぬまま病没、嫡男として信長の五男を養子に遠山家にいれたが、まだ幼いため引き続きこの信長の伯母が城主を務めた。

「あの城と領民を庇護下に置く代わりとして、信友殿がうまく取り込めば東美濃平定も順調に進むとお館様が…」

「無血を条件に和睦か…」

と信友は天井を仰ぎ見た。

「困ったものよ……」とつぶやく。

「私も妻がいる身。おいそれと側室をとるわけには…」

信友は返事を渋る。

「遠山岩村の地を無事治めるため…何卒このお館様のお言葉、心にお留めください…」

昌景も秋山夫妻の仲睦まじさをよく知っているだけに歯切れ悪く言う。だが信玄の考えももっとも適った戦略ではある。

信友も渋々ではあるが了承せざるを得なかった。

「『側室』として置けば良いのなら『正室』の妻も面目が立つであろう…」

と信友はバツの悪そうに昌景に言った。


その後、ついに武田上洛作戦の先鋒として出陣することになった信友、昌景の二人。信友はこれから城攻めすることになろう女城主の姿を思い描いていた。

女城主の名は遠山つやと言う。


時は僅かに進み、信友の隊は女城主つやが守る岩村城を攻めていた。信友にとってもこれが二度目となる岩村城攻めである。

信友は城に籠もる遠山勢を囲い、相手の返答を待っていた。信玄の言葉通りに無血開放の交換材料につやとの婚姻を和睦条件にして打診していたのである。

遠山側はこれを断固拒否。継戦する構えとなる。しかし食糧・水は三ケ月と持たなかった。恵みの雨も降らず雑草までも食べたが、いよいよ力尽きかけていた。

すでに秋も深まり、何時の間にか肌寒くなってきた。やがて外から煙が立ち込めてきた。「なんと和睦と言いながら、武田は火をつけたか？」とつやは甲高い声を上げた。

しかし火攻めにして少ない煙である。城から攻めて側の武田の陣を見下ろすと、武田の者達は薪をくべ大量の湯を沸かしていた。

良い匂いがくる。米を炊いて、魚、イカ、貝を焼いている。筵を敷いて台の上には、葡萄、林檎、柿、蜜柑が山のように積まれている。

「何と卑怯な！　嫌がらせか！」

強気にもつやは武田に向かって大声を上げた。

「戦いは終わりだ！　これは其方達の食べ物だ。湯にも入りたいだろう」

「秋山様が、着物、化粧箱も沢山用意したぞ！」

武田の兵達が一斉に喧伝をする。敵の声を聞いた遠山一族の女、子どもは目を見張った。

「食べたい！」

子どもが泣き出した。

「出て行けば敵兵に斬られるぞ！」

つやは下の者たちにきつく言いつける。だが、長い籠城で城の者たちはすでに限界であった。

「いや、このまま何も食べなければ死んでしまう！　どうせなら食べものを口に入れて死にたい！　斬られても良い！」

一人の女中が止めるのも聞かずにフラフラ出て行こうとする。つやは、これはまずい！と即様その女中を処罰する指示を出そうとしたが、出せなかった。つやにとっても、可愛い配下たちであり、この辛さもよくわかるのである。

結果、この女中に続けとばかりに閉め切った城門に飢えた女・子どもが降伏して食事にありつこうと殺到した。城門を守っていた兵も身内を斬るわけにもいかず、また刀を振るう気力も涌かなかった。

——これは…もう…。

つやは思った。予感は的中した。心が耐えきれなくなった城門の兵は仕方なしに門を開放してしまったのである。

ワっと女・子どもが這い出るように城外へと溢れだし、外の武田の兵に群がる。

「飢えた者に米は危険だ！　ひっくり返ってそのまま死ぬぞ！」

「まずは白湯を飲むのだ！　いいか白湯をだぞ」

殺到する群衆に武田の兵たちがこまめに対応する。

つやはその城外の様子を本丸から呆然と眺めていた。

「つや様！」

最後に残った遠山の兵達がつやを注視する。

「…皆に伝えよ…刀槍を放棄せよと…」

武田の兵が、つやを丁寧に迎える。その扱いは決して敗軍の者に対する扱いではない。

差し出された白湯を飲み一息をつくつや。胃が落ち着くやいなや粥もゆっくり食した。

「つや姫様食事が終わりましたら湯に入り、着物、帯を新しい物と着替え化粧をお直し下さい。髪結いもいます」

武田側の女中が平伏しながら言う。

「そして…対面か？」

「はい」

「秋山殿だな！」

「はい、つや姫様をお待ちしております」

湯に入り、着物を着換え、髪を結い、化粧をしたつやが鏡を見ると何カ月か前の美しい自分がそこにいた。


つやは女中に導かれ、見知った廊下を力強く歩いた。

――これも戦さか！

心に言い聞かせ、つやは敵将秋山信友と奥座敷で対面した。

「大変だった。さぞお辛かっただろう、本日からはゆるりと休まれよ！」

顔を上げて信友を見たつやは驚いた。鬼と思った信友は、面長で目元優しく美形だった。

つやは驚き、その優しい声に耳を疑った。

「早く領内を平和に戻そう！　何か聞きたい事、伝えたい事は？」

「いいえ、別に…」

沢山苦情を言うつもりが、言葉にならなかった。

甲斐の男は、誰もが強く荒いと聞いていた。皆殺しになるよりマシと政略結婚を承知したのである。

言葉も出せずにいるつや。やがて信友が口を開いた。

「この城に渡り廊下があるな。渡り廊下で、遠山と武田に別れよう」

と提案してきた。

「直ぐに夫婦《めおと》はお互い無理だ。其方はあちら側で生活し、私や武田の兵はこちらで生活する。如何であろうか」

こちらに十分配慮した提案である。

「時間をかけて仲睦まじい夫婦《めおと》になろうではないか。米・酒・反物・蝋燭・味噌・塩は、今後信玄様から沢山届く。足りない物は、祝言として贈られた砂金を遠慮なく使ってくれ！」

つやは驚くばかりだった。

「あの…、信友様と私は食事も寝室も別で？」

「ああ、今まで通りで構わん。互いに気を使わないのが一番だ。盆・正月・合戦祝いぐらいは膳を共にしよう」

「はい、承知致しました。有難う御座います」

つやは恭しく礼を言った。秋山は「本日はこれまでにしよう」と躊躇無く背中を向け、互いに別れた。

つやは渡り廊下を歩きながら安堵した。

「何と言う気遣い…これで皆も安堵しよう。武田に屈する事は無いのだ。全て今まで通り……」


やがて数カ月が過ぎた。

岩村城は、今までと何も変わらぬ生活が戻って、平和な日々が続いていた。

ある日の夕方、珍しく渡り廊下側の向こう、信友の配下たちが普通ではない様子だった。

「奥方様！」

つやの侍女たちもそのただ事ではない様子をつやに告げた。

「様子を見にいらした方が宜しいのでは…」

と口々に言う。

「でも、あくまで遠山と武田は別にと、信友様から…」

とつやは言いよどむ。だが、尋常ではない様子なのは確かである。遠山側の代表であるつやが武田側の信友を尋ねる他はない。

つやは意に決し、ついに遠山側の領地から渡り廊下を越え、武田側の領地へと入った。

渡りの端にいる武田の兵に信友の座敷を案内させる。

「失礼致します」

つやの声に信友が返事をする。

「ああ…よく参られた」

心ここにあらずと言った気のない返事であった。

「何かありましたか？」

つやは驚いた。信友の顔色から血の気が引いてた。それは、初めて見る信友の冷たい横顔だった。

外は蒸し暑かった。信友は黙って外を見ていた。

長い時間が過ぎた。

「信友様、お聞かせ下さい…顔色が優れませぬが？」

「夫婦《めおと》でも言えない事がある」

「そうですね、しかも私達はまだ夫婦《めおと》ではありません…」

つやの寂しそうな様子に信友は驚いた。信友も長く思案をし口を開いた。

「分かった聞いてくれ、人払いを…」

「はい、誰もいません。一人で渡り廊下を歩いてきました」

「そうか…実は…信玄公が亡くなった。病だったそうだ…」

信友は偉大なる主君を亡くし、半身を失ったかのような悲痛な顔をした。

だが、信友は心配した顔をするつやの身を案じたのか、自身の悲壮を別にして丁寧に情勢を説明をし始める。

「信玄公の跡を勝頼様が継ぐ。勝頼様は聡明ではあるが、まだまだお若い。巨大になりすぎた武田の領土を背負うには、正直、厳しいと私は考えている」

「で、では？」

「そうなれば、この東美濃が真っ先に危うい場所になろう…」

伯母を降伏の引き替えに自身に娶らせた信友は信長にとって憎い敵だ。ましてや遠山家の養子としていた信長五男を、信友は人質として甲斐へと送っている。

「…通用するか難しいが、つや殿とは夫婦《めおと》の契りを正式に交わしてはおらぬ。それゆえ信長勢に囲まれた際は武田に与さずいたと言えば、命は助かるかもしれぬ。今なら間に合う。信長のもとへ奔るが良い」

信友の申し出につやはきっぱり拒絶した。

「いえ…甥（信長）は私を許さぬことでしょう…信友様も酷いことをおっしゃります！」

「……」

「私は前夫を亡くし、更にここで今の夫を見捨てろと仰るのですか」

「いや、まだ正式には…」

「私はもうこの戦乱の世に翻弄されるのに疲れております…ゆえにこの数ヶ月の信友殿のご配慮に心をうたれたのです」

つやはきっぱり言い張った。

「信友様もお覚悟を決めなされ！　私も貴方とともにこの城を枕に死ぬ覚悟です」

「良いのか？」

「はい…今宵夫婦《めおと》の契りを結びましょう…岩村城は武田でも織田でもない…秋山信友様と共にあるのです」

強い覚悟がまなざしのなかにあった。ここまで言い切ってくれるつやを信友は愛おしくなった。

「わかった…今までそなたには悪いことをした…」

つやを強く抱擁する。こうしてこの夜に二人は正式に夫婦《めおと》となったのである。

結果的に信友の読みは良い方向で外れたのだった。

後継の武田勝頼は上洛作戦を中止し甲斐に戻ったものの、直ぐさま勢力の維持に取りかかる。東美濃も信長の攻勢を多く受けたが、信友の要請に勝頼は何度も援軍を出した。要衝である岩村城の堅固な守りと信友の巧みな指揮、勝頼の援軍によって秋山勢の岩村城はいまだ健在であった。

だが信玄の死よりおおよそ二年が経った一五七五年（天正三年）五月の日のことだった。

周囲の情報を探っている配下の者から密書が届いた。その密書を凝視して読む信友の血の気が引いてた。

主君である信玄の死を聞いた時を思い起こさせるような動揺である。

「昌景…お前もか…」

そう呟いた信友につやは何事かと尋ねた。

「…勝頼様が織田の本隊と三河の設楽が原で大規模な決戦をおこなった…そして…敗北した」

「武田の重臣も多く失ったと書いてある…そのなかには私の友だった山県昌景の名もある…」

信友はやっとの想いで言葉を紡いでいた。それが何を意味しているのか、つやは分かった。

　信長が攻めて来るのである。次はこの岩村城に。

　同年六月、信長は嫡男信忠を総大将にして岩村城を攻める。

　寡兵ながらも岩村城はこの度も大いに守った。だが籠城戦は五か月に及び、ついに籠城する者たちの士気は地の底につき始める。

　二人は本丸の天守に立っていた。眼下には織田の軍勢が周囲を覆っていた。

「つや…すまぬ…私と夫婦《めおと》となったばかりに…」

　信友はつやの肩を抱き寄せながら謝った。

「ふふ…こんなときまで私の身を…お優しい方ですね…」

　つやはそんな信友を微笑ましく思っていた。

「とっくの昔に私は覚悟をしております。お気になさらずに…」

「そうか…」と信友は彼方を見ながらつぶやく。

「私は嬉しく思うこともあります」

「ほう…」

「ここ二年近くを秋山様のご寵愛をお受けすることができました。それに…」

「それに…？」

「正室の方には申し訳ないのですが…信友様と最期を共にできるのは私つやなのですから」

数日後、多勢に無勢となり岩村城は落ちた。

二人は捕らえられ、逆さ磔の刑にて処刑されたと言われる。

※岩村城城主遠山つやは埼玉県比企郡嵐山町に子孫が居たとも言われている。武蔵遠山一族は、美濃遠山氏、明智遠山氏の一族である。
この遠山氏は、後北条の家臣で、上村合戦の時武田氏に敗れた明智遠山氏の一族で後北条早雲氏に逃げた説が有力である。

遠山氏・嵐山小倉城

池袋から東武東上線で約一時間の地に武蔵嵐山駅がある。

同駅内にはその昔、読売百景の選者が「当時の菅谷村槻川渓谷が京都の嵐山の景色に似ている」と称した事から、菅谷村が嵐山町と名を変えたと記されている。

近年は、槻川の嵐山渓谷キャンプ場と直近下流で交わる都幾川桜堤でも知られ賑わう。駅から歩いて約五キロの嵐山町遠山と旧玉川村境に小倉城址がある。（比企郡玉川村と同郡都幾川村が合併して現ときがわ町となる）

小倉城は尾根上に築かれ四方が土塁で囲まれ北端には何かの建物土台らしき土盛りが残っている。又南に三ノ廓らしき址がある。

小倉城は、小田原北条氏の三家老を務めた遠山氏の城で、一五六四年国府台（千葉県市川市）の合戦で遠山康景が討ち死にした為，弟直親が江戸城代となり、直親の子光景が城主となった。

この光景の子孫からテレビや映

画で有名な「遠山の金さん」が出ている。

光景の没年は天正一五年五月であるが、当地に残った子孫は山下家を名乗り、現在も嵐山町遠山の地に顕在している。

小倉城跡遠景（麓である比企郡嵐山町遠山より撮影）

甲斐の国
美濃の国へと　虹の橋
掛けつつ散った
夜桜悲し

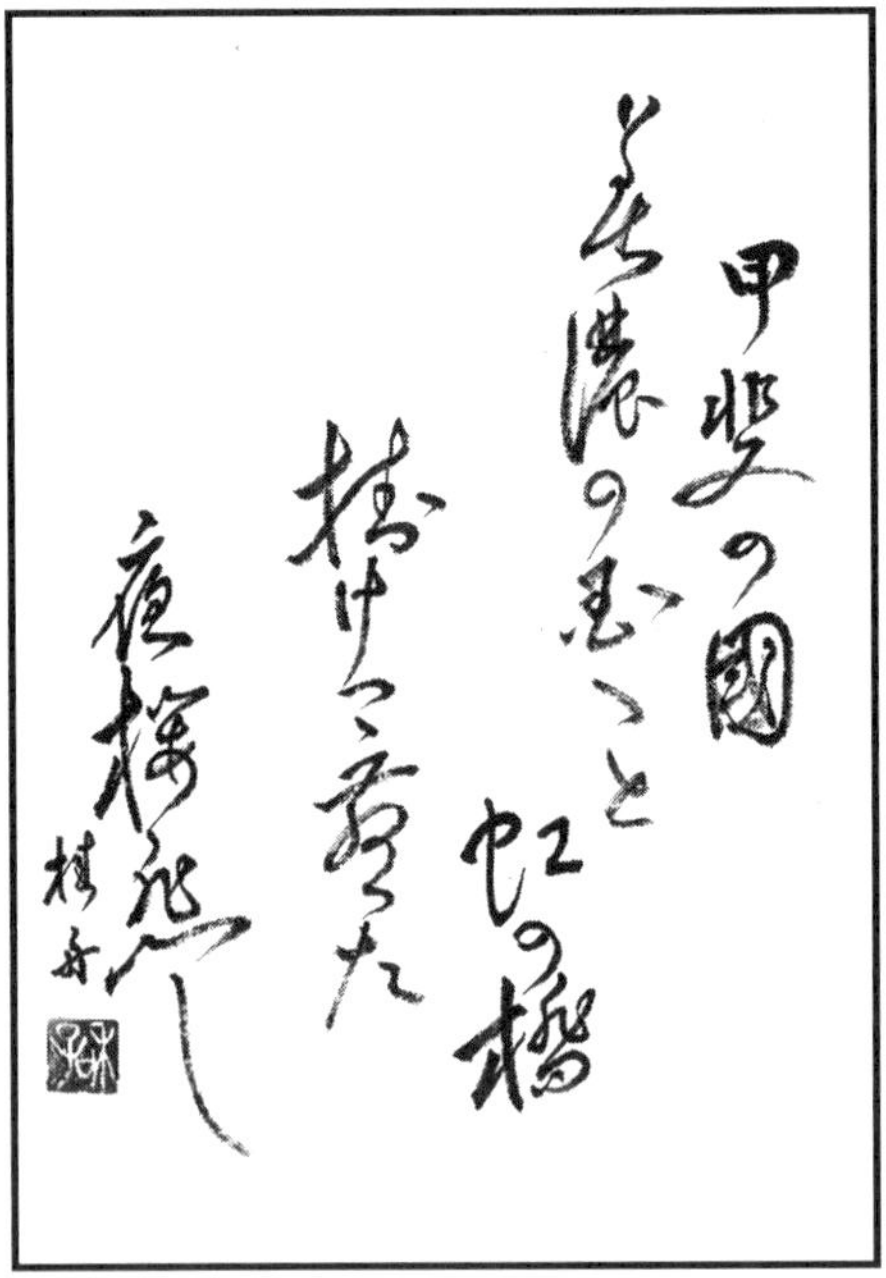

あとがき

二月のある日、寒椿が咲いていていました。

この寒椿に山県昌景公の強さが重なりこの小説が出来ました。

少ない資料に苦戦しましたが、試行錯誤の末、五年の月日が流れ何とか、完成しました。山県館の方々、まつやま書房の方々、書道の先生方、先輩、後輩の方々家族にこの場をお借りして、感謝、感謝です。

◆山梨の秘湯・山県館◇

車で埼玉から山梨県に向かい、県境の雁坂トンネルを抜けると、まもなく見える立派な旅館が山県館である。

塩山駅北口からは、タクシーで二十分で、また十四時には迎えのバスも出る。

昭和五十三年に創立した山県館は、知る人ぞ知る武田二十四将の一人、あの家康も恐れさせた山県昌景の十五代目にあたる山県善子様により、今静かに守られている。

この信玄公の命で開発された七つの名湯はすべて源泉かけ流し一〇〇％で五つ星の湯宿である。

また一階ホールには、山県昌景着用の武具や江戸時代中期、徳川の狩野派の絵師によって描かれた信玄公と昌景公の立派な鎧姿の掛け軸を拝見できる。

外は笛吹川渓谷の緑美しく萌え、私はしばしば眼を閉じ戦国時代にタイムスリップした。

●参考図書

『歴史読本』菅英志（編）　新人物往来社
「甲斐・武田信玄」武田神社社務所発行
「甲陽軍鑑」土橋治重（編）　矢立出版

池波正太郎『まぼろしの城』講談社
池波正太郎『忍びの女（上・下）』講談社
池波正太郎『真田太平記』シリーズ　新潮社
池宮彰一郎『本能寺（上・下）』角川書店
泉秀樹『歴史人物・意外な伝説』ＰＨＰ研究所
加藤廣『信長の棺』日本経済新聞出版
加来耕三『「風林火山」武田信玄の謎』講談社
霧島那智『武田信玄の野望』シリーズ　青樹社
佐藤大輔『信長新記』徳間書店
佐藤雅美『信長（上・下）』文藝春秋
司馬遼太郎『豊臣家の人々』中央公論新社
柴田錬三郎『新装版真田幸村真田十勇士』文藝春秋
清水義範『信長の女』集英社
武田八洲満『信虎』光文社
武山憲明『家康の父親は武田信玄だった！』ぶんか文庫
津本陽『武田信玄（上・下）』講談社
童門冬二『小説 直江兼続 北の王国』集英社
土橋治重『武田信玄』三一新書
土橋治重『武田信玄・機と智の人間学』三笠書房
土橋治重『織田信長・物語と史蹟をたずねて』成美堂出版
中島道子『小説　信玄と諏訪姫』ＰＨＰ研究所
新田次郎『武田信玄』シリーズ　文藝春秋
新田次郎『武田勝頼』シリーズ　文藝春秋
野口勇『徳川の女（上・下）』ＰＨＰ研究所
畑川皓『武田信玄三条夫人と皇室』
火坂雅志『天地人（上・中・下）』ＮＨＫ出版
平岩弓枝『千姫様』角川書店
深沢七郎『笛吹川』講談社
松平アキラ『小説　徳川秀忠と豊臣秀頼』幻冬舎
山岡荘八『史説家康の周囲』光文社
山岡荘八『徳川家康』シリーズ　講談社
山岡荘八『織田信長』シリーズ　講談社
山田智彦『木曽義仲（上・下）』ＮＨＫ出版
山村竜也『真田幸村・英雄の実像』河出書房新社
和田竜『村上海賊の娘（上・下）』新潮社
隆慶一郎『影武者徳川家康（上・下）』新潮社

著者紹介

武田　かず子（たけだ　かずこ）

1950年東京都生まれ。現埼玉県在住。
和洋女子短期大学卒業
書道一元会準同人
書道清友会副会長
書道清嵐会塾長
武田信玄研究家

企販小説
「信玄最後の側室」（文芸社）2009年
「花影の女」（文芸社）2012年

甲斐の猛将
山縣昌景

2021年6月25日　初版第一刷発行
著　者　武田かず子
表紙デザイン　長妻純一
発行者　山本正史
印　刷　株式会社シナノ
発行所　まつやま書房
〒355－0017　埼玉県東松山市松葉町3－2－5
Tel.0493－22－4162　Fax.0493－22－4460
郵便振替　00190－3－70394
URL:http://www.matsuyama－syobou.com/

ISBN 978-4-89623-143-4 C0093